親子たい焼き

江戸菓子舗照月堂

篠 綾子

時代小説文庫

角川春樹事務所

目次

親子たい焼き

江戸菓子舗照月堂

第一話　おめでたい焼き

一

九月十三夜――後《のち》の月見《つきみ》が終わると、冬は駆け足でやって来る。

月が替わり、神無月《かんなづき》を迎えた一日《ついたち》の朝のこと。

いつものように、大休庵《だいきゅうあん》から照月堂《しょうげつどう》へ出かけようとしていたなつめは、

「あっ、なつめさま。ちょいとお待ちくだせえ」

と、使用人の正吉《まさきち》から、玄関口で呼び止められた。

「何事ですか、正吉さん」

振り返ったなつめは、小走りで玄関へやって来た正吉の手に、火打石が握られているのに気づいて目を瞠《みは》った。

「今朝は、これでお見送りしないといけませんからな」

「どうして。いつもはこんなことしないのに……」

「今日は、なつめさまにとって大切な日でしょうが。何たって、初めて菓子職人として修業をつけてもらうんだって、お稲《いね》が言ってましたぜ」

正吉の口ぶりは、まるで我が事のように昂奮《こうふん》ぎみである。

「それは、確かにそうですけど……」

なつめは嬉《うれ》しさと困惑の入り混じったような表情を浮かべた。

本当は、正吉と同じくらい、いや、それ以上になつめも心を昂《たかぶ》らせていた。が、あまりに浮かれている姿を人に見られるのは恥ずかしい。

厨房《ちゅうぼう》へ入るのは初めてというわけではない。これまでも、下働きとして水汲《みずく》みやら片付けはやらせてもらったし、ほんの少しだが、菓子に触れる仕事もさせてもらった。

とはいえ、人手が足りないからという理由で駆り出された手伝いと、職人の道へ踏み出す第一歩としての厨房入りでは、やはり心の持ちようが違ってくる。

「正吉さんったら、大袈裟《おおげさ》ねえ」

本音をごまかしてはみたが、そう言ううちにも口もとが緩みそうになって困った。

「何が大袈裟なものですか」

返ってきた言葉は正吉のものではなく、奥から慌ただしげな様子でやって来たお稲のものであった。お稲は正吉の女房で、夫婦そろって大休庵に住み込んでいる。

「大事なことでございますよ。仕事始めの日っていうのは――」

お稲はそう言うと、袂《たもと》から何かを取り出した。

夫婦そろって火打石かと思ったところへ、お稲が取り出したのは小さな巾着袋《きんちゃく》であった。

「これは、お富士さんで頂戴してきたお守りですから、今日からしっかりと身に着けていてくださいまし」

お富士さんというのは、大休庵と同じ駒込《こまごめ》にある神社で、駿河《するが》の富士《ふじ》山本宮浅間大社《さんほんぐうせんげん》を勧請《かんじょう》したという。祀られているのは木花咲耶姫《このはなさくやひめ》。大火の中で出産したという神話から、安産と火難除《よ》けの神として知られていた。

「お菓子をこしらえるのには、火を使いますからね。火難除けにご利益があるというお富士さんへ行ってきたんですよ」

お稲が意気揚々と取り出したお守りを受け取りながら、なつめは微妙な表情を浮かべていた。

「火難除け……」

もちろん、お稲の気遣いはとてもありがたいのだが、感謝の気持ちをそのまま表すのを邪魔するものがあった。

（火事……。父上、母上――）

なつめの両親は八年前、京で火事に遭《あ》って死んだ。同じ日の夜、兄の慶一郎《けいいちろう》も死んだ――ことになっている。だが、それは五摂家《ごせっけ》の一つ、二条《にじょう》家に仕えていた父の体面を考えてのことで、実は兄の亡骸《なきがら》は見つかっておらず、行方知れずなのだということを、なつめは親戚たちの会話から知ってしまった。

事情が事情なので、慶一郎は両親の死と火事に何らかの関わりがある――最悪の場合、両親を殺して火付けをしたのではないかと恐れられ、慶一郎の行方が分からぬのを幸い、火事で死んだことにしてしまったようだ。おそらくは二条家が手を回し、親戚たちがそのように取り繕《つくろ》ったのだろう。が、そのくわしい事情を、なつめは聞かされていない。

また、なつめ自身、その夜の記憶をある時点からすっかり失《な》くしていた。

覚えているのは、父と兄が言い争っていたこと、二人に仲直りをしてもらいたくて、母に頼み、一家の皆が大好きな餅菓子〈最中《もなか》の月《つき》〉を運んでもらったこと、だが、その計らいはうまくいかず、悲しむなつめを母が慰めてくれたこと――そこまでだった。

後から聞かされた話によれば、その後、屋敷に火が出たというのだが、その火を見た記憶はない。また、両親が亡くなり、兄が行方知れずとなったにもかかわらず、どうして自分一人が助かったのか、それも分からない。

何も見ず、何も聞かず、丸一日眠り込んでいたというのも、不思議な話であるが……。

（それに、私は火を見ても、まったく怖いと思わない）

これも、火事に遭った者としては不自然なことではないのか。

なつめは煮炊きの火を見ても、厨房の竈《かまど》の火を見ても、これといって何も感じなかった。もし怖かったり、忌まわしいと思ったりすることがあれば、どんなに菓子が好きでも、菓子職人の道へ進めなかったに違いない。

（そうでないのは、ありがたいことなんだけれど……）

だが、だからといって、両親を喪《うしな》った火事の真相を、ずっと知らないままでいいわけがない。

これまでは是が非でも知りたいとは思わなかったが、自分の生きる道を探し当てたと思える今、己の過去と向き合わなければならないと思う。いや、それ以前に、どこかで生きているかもしれないたった一人の身内である兄慶一郎と再会したい。

お稲のもたらしてくれた火難除けのお守りから、なつめはそんなことを思い返していたのだが、正吉とお稲は急に黙り込んでしまったなつめに、どうも様子がおかしいと感づいたようであった。

（そういえば、なつめさまのご両親は……）

くわしい事情を知るわけではないが、少なくともなつめの両親が火事で死んだことだけは、二人も聞いている。

亡き二親のことを思い出させてしまったのだと気づいた正吉とお稲は、互いに困った顔を見合わせたが、お稲が慌ててその場を取り繕った。

「火難除けは大事でございますよ。ほら、あれは何年前だったかしらねえ。なつめさまが江戸へ来られてすぐ、天和《てんな》の頃だったと思いますけど、大火があって江戸の大半が燃えちまったじゃないですか」

ちょっとした不始末が大惨事を引き起こすことがあるから、火には気をつけなきゃいけない——と言って、お稲はなつめの手に富士神社のお守りを握らせた。

それから、正吉が重々しい様子で、火打石をカチカチと鳴らすのに見送られ、なつめは外へ出た。だが、まっすぐ門の方へは向かわず、まずは庭に生えている棗《なつめ》の木の前まで行く。

なつめ自身の名の由来となったこの木を、了然尼《りようねんに》はなつめが江戸へ来てから植えてくれた。また、棗は亡き母が京の屋敷で大事に育てていた木でもある。

暗赤色の実は木守りとして残した一つを除いて穫《と》り尽くされ、今は葉も落ちている木の前で、なつめは手を合わせた。

(父上、母上——)

目を閉じ、亡き両親に語りかける。

(今日から、いよいよ菓子職人としての修業を始めることになりました)

胸の中でそう呟《つぶや》いた途端、この報告をできることへの感謝の気持ちが込み上げてきた。

(私がここまで来られたのも、ずっと見守ってくださった了然尼さまのお蔭でございます。江戸へ来たばかりの頃から、了然尼さまが私に「何にでもなれる」とおっしゃってくださったから——)

あの言葉があったからこそ、自分は菓子職人という、女子《おなご》がなるなど世間では考えられもしない道に進むことができる。

(私は了然尼さまに計り知れない御恩がございます。了然尼さまがおられなければ、私はこの一歩を踏み出すことはできませんでした……）

そのことだけは、亡き両親にも知っていてもらいたい――そう思いながら目を閉じていると、ふとなつめの耳に母の声がよみがえった。

――なつめ。

母が自分を呼んでいる声だ。だが、ふだん聞き慣れていたような、もの柔らかな優しい声ではない。どこか切羽詰まったような、追い詰められたようにさえ聞こえる声――。

母がそんな声で自分を呼んだことがあっただろうか。

そう思ううちにも、母の張り詰めた声は続いた。

――そなたは一人でも生きて。

――強くおなりなさい。生きるために、そなたは強く……。

「……えっ」

我知らず、なつめは小さな声を上げていた。

今のは一体何だったのだろう。遠い昔、実際に母から聞いた言葉が記憶の彼方からよみがえったものなのか。それとも、浄土にいる母の魂が、自分に何かを伝えようとしてきているのか。

（私は母上から、一人で生きよと言われたことが……あったかしら）

強くなれと言われたことは――？

だが、どれほど記憶を探ってみても、まるで覚えはなかった。ただ、母の声だけは妙に生々しく、今も耳もとに残っているような気がする。

ひょっとして、忘れていた記憶が突然よみがえってきたのだろうか。

「どうかしはりましたか」

背後から声をかけられ、なつめははっと我に返り、目を開けた。振り返ると、

「了然尼さま」

両親を亡くしてからずっと、なつめを見守ってくれた温かな面差《おもざ》しがあった。

「驚かせてしまいましたか。少し待っていたんどすが、いつもよりずいぶん長うおましたさかい、少し心配になって……」

「申し訳ありません。今日のことを父上と母上にご報告しておりましたので」

「そうどしたか」

了然尼は少しほっとした表情を浮かべてうなずいた。

「何よりもまず、今日という日を迎えられたのが了然尼さまのお蔭だということを、何としても父上と母上にお伝えしたかったので」

なつめが手を合わせた時の素直な気持ちを、ありのままに語ると、了然尼は少しまぶしそうな目つきをしてなつめを見つめた。

「なつめはんは、強うならはりましたなあ」

了然尼の口から、ほのぼのとした呟きが漏れた。

「えっ……？」

思わず声を上げてしまったなつめに、了然尼が怪訝《けげん》そうな目を向けた。

「どないしはりました？　そない驚いた顔しはって……」

確かに、驚くようなことを言われたわけではない。了然尼に心配をかけたくなかったが、黙っているのはかえって心配をかけるだけだと思い、なつめは先ほどのことを正直に語った。

「あの、亡くなった母上から、今の了然尼さまのお言葉と同じことを言われたような気がしたのです。強く生きよ、と――」

なつめの告白に、了然尼は物思わしげな表情になった。

「そうどしたか。亡き母君がそないなことを――」

「はい。ただ、今の今まで、そんな記憶はありませんでした。天の母からの声なのか、急に思い出したのか、よく分かりませんが……」

「……そうどすか」

了然尼は小さくうなずくと、なつめにまっすぐな目を向けて続けた。

「どないなことも、この世で起こることはすべて御仏《みほとけ》のご意思によるものやと、わたくしは思います。なつめはんに母君のお声が聞こえたにしても、昔のお言葉を思い出したのやとしても、すべてそうなるべくしてなったのや。そして、そのお言葉の意味するところは、いつか分かる時が来るのではないですやろか」

了然尼の柔らかな物言いが、そのままなつめの心に沁《し》みとおっていく。

「今の私には分からないのも、御仏のご意思が働いているということでございますね」

御仏のご意思を忖度《そんたく》したり、あれこれ思い悩んだりするのは無意味なことだ――了然尼はそう諭そうとしてくれたのだと思う。

なつめの表情が晴れやかになったのを見て、了然尼は黙ってうなずいた。その口もとに微笑が浮かんでいるのを見ていると、なつめは自分の心に強く温かいものが流れ込んでくるのを感じた。

了然尼はいつもそうして、自分を見守り、前へ進もうとする力を与えてくれた。菓子職人の道に踏み出そうという今もまた――。

「了然尼さま。それでは、行ってまいります」

なつめは合掌し、了然尼に頭を下げた。了然尼もまた、手を合わせて頭を下げ、なつめを見送ってくれる。

――父上、母上、行ってまいります。

棗の木に目を向け、両親に挨拶すると、なつめは照月堂へ向けて歩き出した。

二

「なつめちゃん！」

なつめがいつものように庭に面した枝折戸《しおりど》をくぐると、亀次郎《かめじろう》が駆け寄ってきた。その後ろからは兄の郁太郎《いくたろう》がついて来て、「こら」と弟を注意する。

「なつめお姉さんと呼ばなけりゃ駄目だろう。おっ母《か》さんに叱られるぞ」

「なつめお姉さん！」

亀次郎は郁太郎の言葉に従って言い直すと、愛想のよい笑顔を見せた。

「ねえ、なつめお姉さんが鯛《たい》を焼くところ、おいらにも見せておくれよ」

なつめの手にしがみ付くようにしながら、甘えた口調で言う。

「鯛を焼くわけじゃありませんよ。鯛の形をしたお菓子を作るんです。それに、たい焼きを作るのは私じゃなくて、旦那さんですよ」

いろいろと気になる言い回しを直してやるのだが、亀次郎に悪びれたところはない。

「とにかく、おいら、なつめちゃんが鯛を焼くところを見たいんだ」

いつの間にやら、なつめの呼び方まで元に戻ってしまっている。が、今度は他のことの方が気になるらしく、郁太郎も注意しなかった。

「あきらめるんだ、亀次郎。たい焼きを作るのはお父《とっ》つぁんの厨房なんだよ。中へ入れるのはお父つぁんの許した職人さんだけだ」

「なつめちゃんは職人さんなの？」

亀次郎がなつめに目を向け、率直な問いをぶつける。

その問いかけに対し、堂々とうなずくことは、なつめにはできなかった。一瞬、返答につまった隙を埋めるように、

「なつめお姉さんは、これから職人さんになるんだよ」

と、郁太郎が助け船を出してくれる。

まだ七つという幼さでありながら、その頭のよさと気配りに、なつめはいつも感心させられていた。

「ふうん」

亀次郎は納得したのかしていないのか、分からぬようなうなずき方をした後で、

「でも、兄ちゃんとおいらだって、これから職人さんになるんだよね」

郁太郎に目を戻して尋ねた。

「そりゃあ、そうだけど……」

郁太郎が少し困ったような表情を浮かべて言う。

「鯛の絵を描いたのはおいらだよ」

だから、自分はたい焼きが出来るところを見せてもらってもいいはずだ――とでもいうように、亀次郎は胸を張って言った。

〈たい焼き〉とは、これから照月堂で売り出す菓子の名である。が、これまでの照月堂では〈辰焼き《たつや》〉という菓子を売っていた。

〈辰焼き〉は、前に照月堂で職人をしていた辰五郎《たつごろう》が考案した菓子であり、餡《あん》を小麦の粉と卵で作った厚めの皮に包んで焼き型で焼く。丸く焼き上がった菓子の表面には、辰五郎の名にちなんだ「辰」の字の焼き印が押されており、そこから菓銘《かめい》も〈辰焼き〉となった。

この〈辰焼き〉は辰五郎が照月堂を去る直前、店で売り出したのだが、これがたいそう人気を得て、わざわざこの菓子だけを買いに来るお客もつくほどとなっていた。

もともと〈辰焼き〉は、本郷《ほんごう》に自分の店を持つことになった辰五郎が、自分の店の菓子として売り出すと決めていたものである。しかし、照月堂の〈辰焼き〉が人気を得た上、辰五郎の店を開くまでにはまだ時がかかるというので、それまで照月堂では辰五郎の許しを得て〈辰焼き〉を売り続けてきた。

とはいえ、辰五郎が店を出した後は、そういうわけにもいかない。十月のうちには店開きをするというので、照月堂では辰焼きを売るのを二日前に取りやめている。とはいえ、人気のある菓子をやめてしまうわけにもいかない。

そこで、考え出したのが、菓子の形と名前を変えることであった。

辰から鯛にしよう――ということで、新しい菓子の名は〈たい焼き〉となった。すでに鯛の形をした新しい焼き型も注文しており、それが昨日ようやく出来上がってきて、皆の前にお披露目されたばかりである。

そして、なつめが厨房に入る今日、たい焼きの試し作りが行われ、三日から売り出す予定であった。

この鯛の焼き型の原画を描いたのが、亀次郎なのである。

〈辰焼き〉は子供たちにも人気のある菓子だったので、新しい菓子は辰焼き以上にかわいらしく愛嬌《あいきょう》のある形がいいだろうと、絵の得意な亀次郎に任せたのであった。

亀次郎の描いた鯛の絵は、ぱちりと開いた大きな丸い目に愛くるしさがある。

「亀次郎の絵がよかったから、いい焼き型ができた。亀次郎に描かせようと言った郁太郎の目は確かだったということだね」

そんなふうに、祖父の市兵衛《いちべえ》が皆に言ったものだから、亀次郎は得意になったのだろう。

自分の描いた鯛が元になった菓子作りの現場を見たいという気持ちは、なつめにもよく分かる。幼くとも、亀次郎とて菓子職人になりたいと思っているのだ。

とはいえ、郁太郎が心配する通り、菓子作りにおいて真面目《まじめ》で厳格な主人の久兵衛《きゅうべえ》が、子供たちに厨房での見学を許すとは思えなかった。

「亀次郎坊ちゃん」

なつめはなだめるように声をかけた。

「もっと大きくなったら、坊ちゃんはいくらでも菓子作りを見る折がありますよ」

「おいらは今日、たい焼きを作るのが見たいんだよ」

亀次郎は首を横に振って言う。郁太郎のように、大人の事情や気持ちを聞き分けてくれと亀次郎に望むのは無理があった。

郁太郎もそれ以上、どう弟をなだめたらいいのか分からないようである。二人して顔を見合わせていると、仕舞屋《しもたや》の方から、二人の母のおまさが出て来た。

「ああ、なつめさん。おはようさん」

「おかみさん、お早うございます」

なつめが頭を下げると、おまさはその場の状況を大体察した様子であった。

「二人とも、なつめさんは今日、厨房でお父つぁんの手伝いをするんだから、手習いはおっ母さんが見てあげるって言っただろう」

もともと子守として雇われたなつめが厨房へ入ることとなった上、来年には郁太郎は八つ、亀次郎も六つになるので、ちょうどそれを機に二人を寺子屋へ通わせようと、話が決まっていた。それまでは、おまさや通いの女中がやりくりしながら、子供たちの面倒を見ることになる。

「とにかく、今日はなつめさんにとって大事な日なんだから、お前たちは邪魔しちゃいけないよ」

おまさは言い、郁太郎にそっと目配せをする。郁太郎は心得た様子で、亀次郎の手を握った。

「亀次郎、二階へ行って、一緒に絵を描こう。鯛の絵をもっとたくさん描いて、兄ちゃんに見せてくれ。上手く描けたら、お父つぁんがまた、お前の絵を使って、新しい焼き型を作ってくれるかもしれないよ」

「ほんとう？」

亀次郎は郁太郎の誘いの言葉に、目を輝かせた。たい焼き作りを見たいという気持ちも一瞬、忘れ去ったようである。

「行こう」

その機を逃さず、郁太郎は弟の手を引いて仕舞屋の方へ連れて行った。

「さあ、なつめさん。急いで仕度をして、もう厨房へ入ってちょうだい」

おまさはそう言うなり、手にしていたものをさっと広げた。

「おかみさん、それは――？」

風呂敷か何かに見えていたものは、白い無地の布で作られた、着物の上から羽織ることのできる水屋着《みずやぎ》だった。

「ほら、男の職人さんなら筒袖《つつそで》があるでしょう？　でも、女のなつめさんが筒袖を着るわけにはいかないし、といってたすき掛けをするだけじゃ、きっと不便だろうし……」

そう思って、着物の上から着られる作業着を作ってみたのだと、おまさは言った。

早く着てみるようにと、おまさは急《せ》かしてくる。なつめはおまさに手伝ってもらいながら、たすき掛けをした後、まっさらな水屋着を身に着けた。

羽織のように紐《ひも》がついているので、それを縛ってしまえば、上半身をすっぽりと覆ってくれる。

「おかみさん、私、何と言っていいのか……」

「何も言わなくていいのよ」

おまさは明るい声で言い返すと、言葉をつまらせたなつめの肩をぽんと叩《たた》いた。

「こんなこと言うのは失礼かもしれないけど、あたしにはなつめさんが妹か娘のように思えるのよ。もし、なつめさんが郁太郎と亀次郎のことを弟のように思ってくれたら、あたしにとってこんなに嬉しいことはないんだから」

「おかみさん。坊ちゃんたちのことは今さら言うまでもなく、そう思っております。いずれ坊ちゃんたちには追い越されてしまうのだとしても、菓子職人としていい姉弟子になりたいとも思ってます」

なつめは込み上げる熱い気持ちを、そのまま言葉に乗せて言った。

「ありがたいわ、なつめさん。職人の厳しさは、あたしには分からないけれど、なつめさんはこれまでの通り、あの子たちを導いてやってちょうだい」

「手習いのようにはいかないかもしれませんが、そうなれるよう努めます」

おまさはうなずき、もう行くようにと促した。

なつめは顔を引き締め、うなずき返すと、厨房の入口へと体を向けた。

すでに、厨房には久兵衛が入っており、いつも通り、早くから作業をしているらしい。

なつめは急ぎ足で厨房の戸口へ歩き出した。

三

「旦那さん、遅くなって申し訳ございません」

なつめが厨房の戸を叩くと、中から短く「入れ」という久兵衛の声がした。

「失礼します」

戸を開けて、厨房の中へと足を踏み入れる。上野の菓子舗、氷川屋《ひかわや》との競い合いで久兵衛の手伝いをして以来、厨房には何度も入ったことがあるというのに、今朝の緊張感はこれまでとは比べものにならない。

「おまさと子供たちに呼び止められたんだな」

真っ白な水屋着を身に着けたなつめを見て、久兵衛が言った。

「はい。おかみさんには本当によくしていただいて」

「まあ、お前に筒袖を着せるわけにはいかないと、何やら力が入っていたからな」

おまさが裁縫をする姿を見ていたのだろう。おまさについて語る時、いつも生真面目な久兵衛の表情がほんの少しだけ和らいだ。

「おかみさん、ご無理をして、またお体を壊さなければいいんですけれど。坊ちゃんたちのお世話もお任せするような形になってしまって……」

「まあ、寺子屋へ行くまでのことだし、お前のくれた棗の実を口にしているようだから、今のところは大事ないだろう。しばらくの間、兼ね合いを見ながら、お前には厨房と子守の両方をしてもらうことになる」

「はい」

なつめはしっかりとうなずいた。

「ただし、やはり今日はお前が修業を始める日だ。分かっているだろうが、今までとは気の持ちようを変えてもらわなけりゃならん」

久兵衛の眼差《まなざ》しがいつしか厳しいものとなっている。

「はい。承知しております」

なつめが返事をするのを待って、久兵衛は続けた。

「初めに言っておく。今、うちの店に欲しいのは、俺の手助けをしてくれる弟子であって、才に恵まれた弟子じゃねえ」

突然の言葉だった。厨房での仕事に関し、注意を受けるのかと思っていたなつめは、この言葉をどう受け止めればいいのか分からない。返事ができずに黙っていると、

「別に、お前に才がないと決めつけてるわけじゃねえよ。番頭さんのこと、聞いているんだろ」

と、久兵衛はやや柔らかな物言いになって続けた。

照月堂の番頭太助《たすけ》の名が出たことで、なつめは二、三度瞬《まばた》きをした。

太助は主人の久兵衛も頼りにしている番頭で、手代《てだい》も小僧もいない今、商いを一手に引き受けて店を支えている。

この太助がもともとは菓子職人を目指し、久兵衛の父で照月堂を作った市兵衛の弟子であったことを、ついこの間、なつめは知ったばかりであった。

「前の番頭の不始末がきっかけで、太助さんには番頭になってもらったが、ずっと菓子を作り続けていりゃ、いい職人になってたはずなんだ。本人は自分には才がないって思い込んじまったが……」

太助について語る久兵衛の声には、残念そうな響きがにじみ出ている。

太助が職人の道をあきらめたのは、番頭として店を支える人材が必要だったからである。だが、その決心をつけるに至ったのは、後から職人の道を目指し始めた久兵衛や辰五郎の才能に、自らは遠く及ばないと悟ったためだと、なつめは市兵衛から聞いていた。

「もしお前が己の才を乏しいと感じる時が来たとしても——いや、それはいつか必ず、どんな職人でも感じる時が来るものだと、俺は思っているが——それでも、それを理由にたやすく道を離れるな」

俺がお前に言っておきたいのはそれだけだ——と、久兵衛は締めくくった。

久兵衛はまだその名が広まっているわけではないが、才に恵まれた職人である。その作った菓子を実際に味わったなつめ自身もそう思うし、何より師匠である市兵衛だけでなく太助、辰五郎たちがこぞってその才を認めていた。また、同業の氷川屋があれこれ難癖をつけてきた結果、菓子の競い合いなどという事態になったのも、久兵衛の才を恐れればこそだ。

その久兵衛が「誰しも己の才を乏しいと感じる時が来る」と口にした言葉は、計り知れない重みがあった。

(旦那さんは太助さんが職人の道を離れたことを、本当に惜しいと思っていらっしゃるのだわ)

太助の才が久兵衛や辰五郎に及ばないのは事実なのだろうが、それでも、職人を続けることに価値があると、久兵衛は考えているのだろう。それはつまり、職人を目指すにおいて、最も大事なものは才ではないということなのかもしれない。

才のあるなしで言うなら、誰の目にも才が乏しそうに見える安吉《やすきち》に対しても、久兵衛は職人を目指し続ける道をつないでやった。それも、太助が道を離れたことを残念に思う気持ちが根底にあったためではないのか。

「お言葉、胸に刻みます」

なつめはしっかりと答えた。同時に、かつて自分のかかっていた「あれになりたい、これになりたい」病のことだけは、久兵衛に知られたくないと思った。

その道に進んでしばらくの間は熱に浮かされたように夢中になるものの、やがて熱を失い、ころっと別のものに興味が向いてしまう自分の性情を知れば、久兵衛はどれほどあきれることだろうか。

その一方で、久兵衛自身が己の才を乏しいと感じたことがあるのだろうか、ということが気にかかった。なつめからすれば信じられないが、先ほどの言葉が偽りでないなら、久兵衛にもそう感じた時があったということだろう。そして、そういう時、久兵衛のような人でも、道を突き進むのを躊躇《ためら》ったりしたことがあったのだろうか。

それを問うのは失礼に当たるかもしれないという気持ちも湧《わ》いたが、今尋ねなければ、二度と尋ねる機会がないような気もする。そう思った時、なつめの口は勝手に動き出していた。

「旦那さまも、己の才を乏しいと感じたことがおありだったのですか」

「あった――」

と、久兵衛はそう問われることが分かっていたかのように、あっさりと答えた。

「一本の道を進んで行く時、その先に一つの石ころも落ちてねえなんてことはあり得ねえだろう」

久兵衛の言葉に、なつめは黙ってうなずいた。

「人によって、何を石ころと感じるかは違う。同じような事態であっても、小さな石ころに過ぎないと思える奴もいれば、動かせねえような大岩だと感じる奴もいるだろうよ。だがな、お前は番頭さんとは違った意味で、あっさり道を離れるんじゃねえかという不安がある。安吉にも不安があったが、お前は安吉とも違う」

太助は照月堂への責任感と才の乏しさへの自覚から、道を離れた。安吉は己の才の乏しさに気づかず考えの浅さから、道を離れかけた。

その二人とは違うどんな不安が、久兵衛の目に映っているのだろう。覚悟はできているという自信はあるものの、これまでのなりたい病を見透かされたようで、久兵衛の口から出てくる言葉にひやひやさせられる。

「お前は教養があるし、頭も回る。だから、厨房へ入って一通りのことを見てしまったら、そこで己の才覚をはかろうとするんじゃねえかと思ったんだ」

だがな――と、久兵衛は続け、一呼吸置いてから、さらに言葉を継いだ。

「一年や二年、いいや、五年この道を続けても、才覚をはかるのはまだ早い。そんなものは何十年と同じ道を進んできて、ようやくはかれるかどうかっていう話だ」

俺だってまだ己の才がこの程度だ、なんてはかることはできねえよ——と言われ、なつめははっとなった。

もしかしたら——と、己自身を振り返ってみる。

(私はいつも、簡単に己の才覚をはかっていたのかもしれない)

了然尼に憧れて、尼になりたいと願い、歌詠《うたよ》みに、絵描きに、お針子に、なりたいと思った。だが、それらの道をすぐに離れてしまったのは、少しかじってみて、ある程度の域に達すると、それに満足し、今度はその道では大した成果をあげられまいと考え始めてしまったからではないか。これ以上続けたとしても、その道の真の面白さに到達することもできないだろう、と——。

「己の才覚を考えたくなることはあるだろうが、たとえどんなことを思ったにしても、ひとまずそれは措《お》いておけ。とにかく、今うちの店で欲しいのは、俺の手助けをしてくれる職人ということだ」

久兵衛の話は再び初めのところへ戻ってきた。

「ただし、俺はお前に、俺の指図通りに動いてりゃいいと言ってるわけじゃねえよ」

久兵衛の目つきがそれまで以上に真剣なものとなる。同時に、その眼差しには優しさもある。

たという経験のうちだ。それは、

「前にも言ったが、お前には菓銘の才があるようだ。主菓子《おもがし》の本場である京で生まれ育ったというのも経験のうちだ。それは、菓子職人の才とは違うものだが、菓子作りの手助けとはなるだろう。だから、お前が気づくことがあれば、それはこれまでのように言ってくれていい」

「はい」

なつめは思わず声を高くして返事をしていた。何であれ、菓子に関わることで、久兵衛から意見を聞いてもらえるのはありがたく、嬉しい。

「修業をさせるからには、女だからって手加減はしねえぞ」

久兵衛が声の調子を変えて言った。

「よし。今日はさっそく新しい焼き型で、たい焼きの試し作りをする。まずは小豆《あずき》を煮るところからだ。しっかりと見ておけ」

「はいっ！」

なつめは先ほどよりも、さらに元気な声で返事をした。

たい焼きの前身である辰焼きでは、つぶ餡を用いており、使っている小豆も、久兵衛の好む上質な丹波大納言《たんばだいなごん》ではないという。

「大納言は大粒で皮が煮崩れしないから、鹿の子《かのこ》などに使う。たい焼きの場合はつぶ餡にするから、大納言より小さな粒の中納言《ちゅうなごん》を使っている」

さらに小さな粒のものは少納言《しょうなごん》といい、これは粥《かゆ》などに使うものだという話を、なつめは久兵衛から聞かされた。

餡は菓子屋の根幹となるものであり、その餡に使う小豆を煮る過程は、特に大事なところで、菓子屋によってやり方が少しずつ異なるのだという。

「主菓子となれば話は別だが、今日はたい焼きに使う小豆だから、値の張るものは使わねえ。だからってわけでもねえが、あまり硬くならなくていい」

なつめの緊張をほぐそうというつもりか、久兵衛はそんなふうに言った。

一晩水に漬けた小豆を強火で煮るところから、つぶ餡作りは始まる。

鍋の水が沸騰してしばらくしてから、火加減をやや弱くして少し煮る。それから火を止め、蒸らしてから渋抜きのため水を捨てる。ここまで指図を受けた後、

「俺は他の菓子作りもあるから、窯《かま》から離れるが、お前は鍋から離れずにじっと目を凝らしていろ」

と、なつめは命じられた。火加減や水を捨てる頃合いは、久兵衛が直《じか》に見て判断するという。その加減を経験で覚えていくしかない。

なつめは火にかけた小豆の様子を、しばらくの間、瞬きも忘れて見つめていた。一晩水に漬けても、小豆の皮の表面はずいぶんと硬い。やがて、水が沸騰し始めると、鍋の中の小豆も水泡と一緒に跳ね始めた。

ぽん、ぽんと鍋の底から、いくつかの豆が跳ね上がり、水面にまで届かずにまた沈んで

いく。それが鍋のあちこちで起こっているさまは、見ていて心が弾んでくるような愛らしさがあった。

(みんなすっごく元気そうだわ)

思わず口もとが緩みそうになるのを、慌ててこらえ、さらに見続けていると、鍋の水がぐつぐつと音を立て始めた。小豆は相変わらず跳ねているが、その速度も頻度も上がり、いつの間にやら愛らしいなどと言っていられる状態ではなくなっていた。

(何だか、今度は荒っぽくて怖いくらい)

そんなことを思いながら、なつめは薪《まき》を調節して火加減を弱め、久兵衛を呼んだ。

久兵衛が竈の前へ来て、火加減を見、さらに調節する。その様子をなつめはしっかりと見て、記憶に留めた。

次は鍋を火から下ろすことになるが、その頃合いを知らせるため、しばらくの間、久兵衛も竈についているつもりらしい。

「小豆を煮るのを見て何を思った?」

その間、久兵衛はなつめに訊《き》いた。小豆を観察していたその注意力を問われているのだろうか。そう思い、正確な記憶を探ろうと沈黙したなつめに、

「細かいことを訊いてるんじゃねえ。お前が何を感じたのか、好きに話しゃいいんだ」

と、久兵衛は促した。

「何を感じたか、ですか」

それなら——と、なつめは豆の跳ねる様子を愛らしく感じたことを、そのまま久兵衛に語った。

「へえ」

何をのんきなことを言っている——と、あきれられるのではないかと、なつめは恐れていたのだが、案に相違して、久兵衛は何やら感じ入ったような声を発した。

「小豆が煮えるのを見て、そんなふうに思ったことは、俺は一度もなかったな」

と、久兵衛は呟いた。

「辰五郎や安吉がそんなことを言うのも、聞いたことはねえ」

久兵衛は窯の火に目をやり、しばらく黙っていたが、ややあってから鍋を火から下ろせとなつめに言った。

なつめが布巾を手に、取っ手をつかんで鍋を持ち上げる。

「少ししたら、水が飴色《あめいろ》になる。そうしたら渋抜きのために水を捨てるが、色の加減をまずは覚えろ。今日は薄い飴色になってきたところで、俺に教えるんだ」

「承知しました」

中断していた菓子作りの台の方へ戻ろうとする久兵衛に、なつめは張り切った声で答えた。

四

なつめが厨房にこもり、たい焼きに使うつぶ餡作りを学んでいた頃――。

照月堂の店先には、一人の客人が訪れていた。店番をしていた番頭の太助はその姿を一目見るなり、

「これは、戸田《とだ》さま」

と、思わず帳場から立ち上がっていた。

「おぬしはこの店の番頭であったな」

最近、照月堂の客となった戸田露寒軒《ろかんけん》である。

了然尼の友人である露寒軒のことは、なつめもよく知っており、兄の慶一郎も昔、江戸へ遊学していた折、師匠として仰いでいた。氷川屋から因縁をつけられた時も、露寒軒が間に入り、菓子の競い合いを取り仕切ってくれたという経緯《いきさつ》がある。

競い合いそのものには負けてしまったが、露寒軒は公正な立場から、久兵衛の作った菓子を高く評価してくれてもいた。

「先だっての競い合いの折は、大変お世話になりまして」

「そのことなら、後の月の三日間の休業の折、主人が拙宅へ参り、手篤い礼を受けたゆえ、もうよい」

頭を深々と下げる太助に、露寒軒は手を横に振って応じた。

「それより、先だっては、なつめが店番をしていたが、今日はどうしておる」

露寒軒は店の中を見回しながら尋ねた。

「それが、なつめさんは今日から厨房で職人の修業を始めておりまして、今も厨房にいるはずでございます。ただし、戸田さまはうちの店にとって格別なお方でございますゆえ、何とか暇を作ってご挨拶に伺えるのではないか、と――」

「そうか。なつめはいよいよ修業を始めたか」

露寒軒は嬉しそうに言いながら、見事な形をした顎鬚《あごひげ》をおもむろに撫《な》ぜた。

「主の久兵衛もご挨拶したいと申すやもしれませんので、もし戸田さまさえよろしければ、中の部屋の方へ上がっていただければと存じますが……」

太助は丁重な口ぶりで、露寒軒に勧めた。とはいえ、照月堂は人手が足りない。

一人はどうしても店番をしなければならず、これまでなら子守役のなつめを呼び出して、客の接待か店番を頼んでいたのだが、今日はそれもならない。

仕方がないから、おまさに店番を頼むか。しかし、子供たちから目を離すわけにはいかないだろうから、彼らを店に連れてくることになる。聞き分けのよい郁太郎はおとなしくしているだろうが、亀次郎は――。

愛想のよい笑顔を浮かべつつ、内心では太助がどう算段をつけようか悩んでいると、

「おお、これは戸田さまでございましたか」

店の奥の暖簾《のれん》が動いて、市兵衛が姿を現した。

「大旦那さん、今日はお出かけではなかったんですか」

太助が驚いて声を上げると、市兵衛はにこにこしながら、これから出かけようと思っていたところなんだがね、と応じた。

「しかし、ご高名な戸田さまがいらしてくださったと知れば、そうも言っていられません。店の者たちが大変お世話になったと聞きながら、私だけはご挨拶が遅れてしまいましたこと、かねがね気にかけておりました次第。申し遅れましたが、私はこの店の隠居で、市兵衛と申します」

市兵衛は和やかな口調で挨拶した。

どう見ても好々爺《こうこうや》といった風情の市兵衛と、いかにも厳格で格式ばった様子の露寒軒は、同世代でありながら、どこにも似通ったところがない。

ところが、不思議なことに、二人が相対すると、何とも言えぬ調和のようなものが生まれ、市兵衛の穏やかさに引きずられるかのように、露寒軒の引き締まった頬も緩んでいる。

「さようか。わしは本郷の戸田じゃ。この店の主はおぬしの倅《せがれ》か。あれは、よき菓子職人の腕を持っておる」

露寒軒は機嫌よく久兵衛を褒めた。市兵衛はますます顔をほころばせると、

「倅の作る菓子が戸田さまのお気に召したとあれば、あれを菓子職人にした甲斐《かい》もございましたというもの。いやいや、もうそれだけで職人の誉《ほま》れでございます」

と、続けた。

市兵衛の舌の滑らかさは、常に客と向き合い、客の機嫌を取り結ぶことに慣れている太助を圧倒させるほどであった。ただし、市兵衛の場合、意識して相手の機嫌を取ろうとしているのではなく、ごくごく自然な気持ちをそのまま口にしているだけだということも、太助には分かっていた。思うがままを口にして、相手を心地よい気分にさせてしまう。

そうした市兵衛の自然さは、そのまま露寒軒にも伝わるのだろう。かなり気難しいはずの露寒軒が、この日はかなりご機嫌な表情を見せていた。

「さて、戸田さまにおかれましては、今日はお暇がございますでしょうか。もしよろしければ、ぜひともこの私めに戸田さまをおもてなしさせていただきとう存じます。今日からは、暦も冬に替わりましたので、冬にふさわしい菓子などお出しして」

「さようか。まあ、暇ならないこともないが……」

露寒軒がそう呟くのを聞くや、市兵衛は「では、さっそく」とばかり、太助に目を向けた。

「太助や。今日出ている菓子は何がある」

「そうでございますね。冬にふさわしいといえば、やはり照月堂饅頭《まんじゅう》か、柚餅子《ゆべし》。懐中しるこなどもございます」

太助が菓子を挙げていくのを聞いていた露寒軒は、途中でそれを遮ると、

「ならば、わしの方から所望《しょもう》の品がある」

と言い出した。

市兵衛と太助は思わず顔を見合わせた。

何かとんでもない菓銘がその口からは出てきそうである。しかし、ここで一瞬の躊躇《ちゅうちょ》をしてしまった太助と違い、市兵衛はすかさず言葉を継いだ。

「さようなものがございますれば、満を持してお出しせねばなりますまい。して、戸田さまがご所望のお品とは何でございましょう」

市兵衛が促すと、露寒軒はふむとうなずいてから、もったいぶった様子で口を開いた。

「望月《もちづき》のうさぎ、じゃ」

そう口にした時の露寒軒の顔には、いささか得意げな表情が浮かんでいた。

自らを得意がっているのではなく、この菓銘をつけたなつめの功績を念頭に置いているのであろう。もちろん、なつめと露寒軒の関わりを知る市兵衛は、その表情の裏にあるものを読み取っていた。

「それならば、今日も作っているはずです。戸田さまにお出しできる分もあるだろうな」

途中から太助に目を向けて、市兵衛が尋ねると、太助はうなずいた。

「おそらく厨房の方に、作り立てのものもあるのではないかと存じます。お持ちいたしますので、どうぞ戸田さまは奥の座敷の方へお上がりくださいませ」

太助は言い、露寒軒を誘《いざな》った。

折しも別の客が店に入って来たので、太助はそちらの応対をし、市兵衛が露寒軒を奥の部屋へ案内した。

その後、市兵衛は自ら厨房へ足を運び、露寒軒の来訪をなつめと久兵衛の二人に告げた。

「えっ、戸田のおじさまが――」

「何と、戸田さまがお越しくださったのか」

二人は同時に声を上げた。どちらの声にも、驚きの中に喜びが混じっている。

「その戸田さまが、望月のうさぎをご所望だよ」

市兵衛がなつめに向かって、にこにこしながら言う。続けて久兵衛に目を転じ、

「出来立てのものがあるといいんだが、あるかね」

と問うと、久兵衛は「ああ」とうなずいた後、少し考え込むような表情を浮かべた。

「望月のうさぎを召し上がっていただくのはいいが、どうせなら、今日作るたい焼きも召し上がっていただきたいものだが……」

その言葉を聞くと、なつめが「あっ」と声を上げた。

「前にいらしてくださった時、辰焼きを食べたいとおっしゃっていましたが、その時はお出しできなかったのです。今日、たい焼きをお出ししたら、きっと喜んでいただけると思います」

そこまで勢いよくしゃべったなつめは、そこで何かに気づいた様子で、表情をくもらせた。

「でも、まだつぶ餡が出来上がるまでには暇がかかりますよね」

小豆は蒸らしと渋抜きを終え、再び煮始めたのだが、これが思いがけないほど時がかかる。豆が水を吸って膨らんできているので、もう大丈夫かと思って手でつぶしたり口に入れたりして、硬さを確かめるのだが、表面は柔らかくとも芯が残っているものが多かった。

「鶉餅《うずらもち》に使うつぶ餡が多めにある。たい焼きをいくつも焼くのには間に合わねえが、ひとまず戸田さまに召し上がっていただく分だけ、それで焼こう」

久兵衛は今取り掛かっている菓子作りが一段落したら、すぐにたい焼きを作り始めると告げた。

「それなら、その間、ひとまず望月のうさぎをお持ちして、戸田さまをおもてなししていようかね」

たい焼きはなつめさんが運んできておくれ――と言い置き、市兵衛が望月のうさぎと茶の仕度をして、厨房を出て行った。

「俺がたい焼きを焼いている間、小豆の鍋はお前に任せるぞ」

目を離さずにしっかりと見ておけ――と久兵衛に言われ、なつめはすばやく「はい」と答えた。

五

市兵衛が厨房を出て行ってから間もなく、なつめが小豆を煮る傍らで、久兵衛が新しい焼き型で、たい焼きを焼き始めた。

その間、久兵衛は鍋の中の小豆の様子をなつめに説明させ、その都度、指示を下す。それを聞きながら、煮えた小豆を蒸らすところまで、なつめが行った。その時点で、たい焼きの第一号が焼き上がった。焼き型は一気に六つ焼ける代物だが、今日は四つだけ焼いた。そのうち二つを皿に盛り、なつめが座敷へ運ぶ。

残った二つのうちの一つを、久兵衛は半分に分けると、頭の方をなつめに差し出した。

「戸田さまにお出しする前に味見してみろ」

と言われ、なつめは熱々のたい焼きの頭半分を受け取った。焼き型から形は想像できたが、狐色《きつね》に焼き上がった鯛は思っていた以上に愛嬌がある。餡がこぼれないよう、割った側から口に運んだ。

皮のさくっという食感に続いて、火傷《やけど》しそうなほど熱々の餡が舌の上に飛び出してくる。形は変わっても、人気のあった辰焼きの味わいと食感はそのまま生きていた。

なつめが頭半分を食べ終えると、久兵衛は最後に残ったたい焼きを、再び半分に割った。

「これは、戸田さまにお出しするのとは違う餡を使ってる。まだ店で売る段階でもねえ。ただ、ちょっと試してみたいことがあってな。まず味見してみろ」

久兵衛からそう言われ、なつめは再び頭半分のたい焼きを手にした。

先ほどと同じように口に入れると、皮の食感はもちろん同じなのだが、餡は確かに違っていた。さっぱりとした甘さが軽やかで、味わいも繊細なこし餡を使っているのだ。

「どうだ」

と、久兵衛から尋ねられ、

「これは、大納言で作ったこし餡ですね」

と、なつめは応じた。

「その通りだ」

久兵衛は満足そうにうなずく。饅頭に使ったこし餡の余りを、試しに使ってみたのだと言った。

「のど越しがよくて、つぶ餡のものより重たくない気がいたします」

そう感想を述べた後、子供や年寄りの中には、このくらいさっぱりした味わいを好む者もいるのではないかと、なつめはふと思った。

もともと辰五郎は、一つ食べれば腹が膨れて満足するような菓子を作りたいといって、辰焼きを作った。だからこそのつぶ餡だったわけだが、こし餡とこの焼き菓子の相性が悪いわけでもない。

「もしや、旦那さんはこし餡のたい焼きを作ろうというおつもりなのですか」

「いずれはな」

と、久兵衛は答えた。

「大納言のこし餡を使えば、材料の値が張るから、それをこの焼き菓子の中にしこたま詰めるわけにもいかねえ。といって、値上げするってことになりゃ、この菓子の意味が半減しちまう。今日は、まあ、試しってところだ」

たい焼きの本質は辰五郎の考案した辰焼きと変わらない。久兵衛はその人気ぶりに満足することなく、そこからさらに新しい工夫を取り込もうと考えているのだろう。

「さあ、まずは戸田さまのところへ、このたい焼きを届けてくれ。熱いうちに召し上がっていただきたいからな」

久兵衛に急かされ、なつめは慌てて茶の仕度を調《ととの》えると、露寒軒と市兵衛のいる座敷へ向かった。

その間に、久兵衛は小豆に砂糖を加え、つぶ餡の仕上げにかかるという。その工程も見たいが、たい焼きを初めて食べる露寒軒の感想もぜひとも聞いてみたい。

「失礼いたします。たい焼きをお持ちしました」

戸口で声をかけると、「どうぞ」という市兵衛の声がすぐに応じた。

「ああ、なつめさん。ご苦労さんでしたね。戸田さまがお待ちかねだよ」

と、市兵衛が笑顔で言う。

「戸田のおじさま。その節は大変お世話になりながら、その後、ご無沙汰《ぶさた》してしまって……」

なつめは中へ入って戸を閉めてから、その場に手をついて挨拶した。

「うむ。そなたも息災そうで何よりじゃ。まあ、この店が無事であったのも重畳《ちようじよう》」

露寒軒は目を細めてうなずき返す。ずいぶんと上機嫌なようだと、なつめは思った。

「戸田さまはね。望月のうさぎの売り出し方について、いろいろ考えてくださっていたそうだよ」

市兵衛が横から言葉を挟んでくる。

ひと月半ほど前の中秋の名月の頃、〈望月のうさぎ〉があまり売れていないことを、なつめは露寒軒に漏らしていた。

これは、真っ白で真ん丸の餅菓子〈最中の月〉を、辰五郎の工夫となつめの考えた菓銘によって生まれ変わらせた菓子である。この売れ筋がよければ、なつめを菓子職人として受け容《い》れることも考えると、久兵衛が約束してくれていた。

真ん丸の満月の中で、うさぎが餅つきをしている姿にかけた菓銘を持つ〈望月のうさぎ〉。これはぜひとも、中秋の名月を観ながら食べてほしい菓子であった。しかし、月見団子に圧《お》されて、売れ行きはあまり伸びなかったのである。

月見は秋だけにするものではないから、冬の月見と一緒に望月のうさぎを勧めてはどうかと、露寒軒は言ってくれていたのだが……。

いよいよ暦が冬に入ったので、その言葉への責任を感じて、露寒軒は照月堂へ足を運んでくれたのかもしれない。

「まあ、その話は後ということで、まずはこのたい焼きをお召し上がりください。辰焼きと同様、熱いうちに召し上がっていただくことで、おいしさが幾重にも増す菓子でございますので」

市兵衛が露寒軒に勧め、なつめはその間に、露寒軒と市兵衛の前にたい焼きの皿を置いた。露寒軒は皿の上の菓子をしげしげと見つめている。

「辰焼きからたい焼きへと変わった顚末《てんまつ》は、今しがたこちらのご隠居より聞いたところだが……」

呟くにつれ、露寒軒の顔は浮かぬものとなっていった。あからさまに口にするわけではないが、どうも期待していたような菓子とは違っていた、というような顔つきである。

（もしかしたら、戸田のおじさまはもっと上品なお菓子を想像しておられたのかしら）

江戸っ子に人気のある品なのだから、主菓子でないことくらいは分かっていただろう。が、茶席で出すほどの上品さはなくとも、それを少し気軽にしたもの、くらいに考えていたのかもしれない。

なんだ、これは雑菓子のようなものではないか――そんながっかりした露寒軒の表情を見ながら、なつめは少し不安になる。

確かに上品な菓子ではないかもしれないが、口にすれば、そのおいしさは分かってもらえるはずだ。そう信じて、なつめは息をつめ、露寒軒の口もとを見つめていた。

露寒軒は皿に添えられた懐紙《かいし》ごと、たい焼きを持ち上げた。その熱さに一瞬、驚いた表情を浮かべる。

「望月のうさぎもなかなかに愛嬌のある風貌をしておったが、このたい焼きはそれ以上におどけた顔をしておるな」

褒めているのかけなしているのか、いずれとも分からぬ言葉の後、露寒軒は菓子を口もとへ運んだ。

口に入れる直前、はたとその手が止まった。頭の方を口もとに持っていったのだが、それでよいかどうか、一瞬、迷ったようである。それから、一人納得したように、ふんふんとうなずくや、そのままたい焼きの頭の方からかじりついた。

中の方の餡はまだ熱いようで、露寒軒は舌の上で少し中身を転がすような顔つきをした。それから、じっくりと味わうように顎を上下に動かす。

そして、再び熱々の餡が見えている菓子を口に運ぶ。

それらをくり返して、露寒軒がたい焼きをすべて口に運び、茶をすすり終えると、

「いかがでございましたか、戸田のおじさま」

なつめは待ちかねた様子で尋ねた。

「ふむ。雑菓子の類《たぐい》かと思っていたら、どうしてどうして。餡は熱くてうまいし、皮はかつて知らぬ食感であった。何やら、さくっとした歯ごたえがあって、これが不思議に餡と合うようじゃ」

形も愛嬌があってなかなかよい——と、露寒軒が笑みを浮かべたので、なつめはほっとして嬉しくなった。

「しかし、食べる前には、どこからどう食べる作法なのかと、一瞬、戸惑ったぞ」

と、露寒軒は続けた。

「これという食べ方が決まっている菓子ではございません。皆それぞれ好きなように食べていただければよいと思うのですが、戸田さまがよき手本を示していただけますと、私どもも他のお客さまにお伝えしていけるのですが……」

市兵衛が露寒軒の言葉を受けて、丁重に応じた。

「ふむふむ。さようか」

露寒軒は気をよくした様子で、何度かうなずいていたが、

「まあ、考えられる食べ方は三通りであろう」

と、もっともらしい言い方をした。

「頭《かしら》から食べる、尻尾《しっぽ》から食べる、真ん中で半分に割ってから別々に食べる」

市兵衛はふんふんと、感心した様子でうなずき返している。

「真ん中で割るのは、二人で分け合う時は仕方なかろう。されど、腹を切って割る、つまりは腹切りに通じ、縁起がよくない。鯛といえば祝いごとの膳に出されることも昔はあった。今は生類を憐《あわ》れむようにとのお達しゆえ、さようなこともなくなったが、いずれにしてもめでたき魚ではある。そのめでたき鯛を尻尾から食べるのもよろしくない。よって、やはりこの菓子を食べるには、頭から食べるのがよかろう」

「なるほど、さすがは戸田さま。その菓子に見合った名があるように、その菓子に似合いの食べ方というものがあるのでございますな。含蓄のあるお言葉を頂戴し、ありがたく存じます。今のお言葉を聞かせてやれば、倅もたいそう喜びますことでしょう」

食べ方云々《うんぬん》はともかく、露寒軒のお墨付きを得られて、久兵衛も喜ぶだろう。なつめは久兵衛にそれを伝えるべく下がろうとした。すると、

「まあ、待ちなさい。なつめさん」

と、市兵衛が引き止めた。

「戸田さまが望月のうさぎのことでお話があるそうだよ」

市兵衛の言葉になつめは、先ほどの話を思い出し、再び腰を落ち着けた。露寒軒は顎鬚を撫ぜながら、目を閉じて何やら考え込む様子をしている。

それから、おもむろに目を開けると、口を開いた。

「望月のうさぎの売り上げを伸ばしたいということじゃが、わしは冬の月を観るすばらしさを説き、それと一緒に菓子も勧めればよいと思うた」

「確かに、世の人は秋の月見ばかりもてはやしますが、冬の月もまたおつなものでございますからなあ」

と、市兵衛が言う。

「そこで、わしが一首、歌を作って進ぜようと思うておったのじゃ。さすれば、それを使って引き札を作るなり、読売に載せるなり、後はそちらで工夫をすればよい」

「何と、私どもの店のために、戸田さまがお歌を――?」

「さよう」

露寒軒はいささかもったいぶった様子でうなずいた後、

「したが、このたい焼きなる菓子を食べ、気が変わった」

と、いきなり言い出した。

「それは、どういう意味ですか、おじさま」

なつめは目を瞠《みは》って露寒軒を見返した。たい焼きのことは気に入ったと言っていたのに、どういうことなのだろう。

「歌をやらぬ、という意味ではない。前もって作ってきた歌があったのじゃが、新たなる歌を今思いついたのじゃ。そちらを使えばよい」

「それは、たい焼きを召し上がったことと関わるのですか」

市兵衛の問いかけに、「さようじゃ」と露寒軒は大きくうなずいた。

「どうせなら、望月のうさぎだけではなく、たい焼きも紹介する歌の方がよいのではないか」

露寒軒はそう言って、市兵衛となつめを交互に見やりながら、得意そうな笑みを浮かべてみせた。

どうやら会心の作が浮かんでいるようである。

「では、ここでしたためさせてもらおうか」

露寒軒はそう言って懐から懐紙を取り出した。

「それ、なつめさん。帳場に筆と墨があるから、すぐに借りてきなさい」

市兵衛がすかさず言うので、なつめは「はい」とすぐに立ち上がった。急いで店の帳場へ行き、そこに座っていた番頭の太助に断りを入れ、客用の座敷へ取って返す。

その戸口の前まで戻って来た時、なつめははっとした。

(戸田のおじさまは――)

今の今まで忘れていたが、ひどい悪筆だった。しかし、どうやら当人はその悪筆ぶりに気づいていないようなのだ。

(了然尼さまはすらすらとお読みになるのだけれど……)

了然尼は古い付き合いだからなのか、露寒軒と平気で文《ふみ》のやり取りなどをしている。

――どうしてお読みになれるのですか。

となつめが訊くと、了然尼は不思議そうな表情を浮かべ、

――何で、なつめはんは読めんのどすか。

と、逆に訊き返してくるのである。

(困ったわ。私が書きますからと言って、おじさまには口ずさんでもらうことにしようかしら)

どうしたものかと迷っていると、なつめが戸の前まで来た気配が伝わっていたのだろう、

「なつめさん、戻ったのかね」

という市兵衛の声が部屋の中からした。

「は、はい」

なつめは慌てて返事をし、部屋の中へ戻った。

六

筆と墨壺《すみつぼ》を手にしたなつめを見るなり、露寒軒はここへ置けというように、自分のすぐ前の畳の上を手で示した。逆らえず、そこへ筆記具を置くと、露寒軒は躊躇いなく筆を手に取ったのだった。

露寒軒はさらさらと歌を書き終えた。

それを受け取った瞬間、

(だめだわ、とても読めない――)

なつめは気づかれぬよう、小さく吐息を漏らした。

何と言ったものか困り果てていると、傍らから市兵衛がひょいと手を伸ばして、紙を取り上げた。

「ほうほう、これは……」

市兵衛は感心した様子で呟きながら、紙に目を落としている。

(えっ、大旦那さん、それが読めるの？)

思わず胸の中で驚きの声を上げながら、なつめは市兵衛を見つめた。はらはらしながら見守っていると、市兵衛の口が動き出した。

駒込の坂下《さかした》照らすつきを呼ぶ　うさぎに続けおめでたい焼き

――駒込坂下町にある照月堂には、ツキを呼ぶうさぎがいる。そのめでたいうさぎに続け、おめでたい焼きよ。

市兵衛の口ずさむ声を聞きながら、なつめは露寒軒の作ってくれた歌を頭の中で反芻《はんすう》した。

ずいぶん凝った歌になっている。

「駒込」「坂下」「照る」「月」は、駒込坂下町にある照月堂――という店の名と場所とを示している。

そして、「月」には好運という意味の「ツキ」がかけられ、「月」と「うさぎ」で〈望月のうさぎ〉が紹介されているわけだ。ツキを呼ぶめでたいうさぎから、おめで〈たい焼き〉に続けるとは――。

「おめでたい焼き――って、言葉を聞いているだけで、何だか心が浮き立ってきますね」

なつめは笑顔になって、そう言っていた。

「そうか、そうか」

と、露寒軒もご満悦である。

「よかったねえ、なつめさん。望月のうさぎはツキを呼ぶ菓子になったよ」

市兵衛がにこにこしながら、なつめに言った。

「はい。たい焼きはおめでたい菓子になりましたし。照月堂さんに行くと、運がつく、なんてお客さんに言われたりするかもしれません」

うきうきした気分のせいで、なつめはつい饒舌《じょうぜつ》になってしまう。

「ありがたいことでございます、戸田さま。ぜひとも、引き札なり読売なりに使わせていただきとうございますが……」

「おお、好きにいたすがよかろう」

露寒軒は上機嫌でうなずいた。

その後、なつめが厨房へ戻ったのと入れ替わりに、露寒軒のもとへ挨拶に出向いた久兵衛は、

「戸田さまが店のために歌を作ってくださるなど、実にありがたい話だ」

と、戻ってくるなり、目に昂奮の色を浮かべて言った。

「読売に載せてもらうってのはすぐには無理だ。まずは引き札だろうな。たい焼きの売り出しに合わせて、引き札を配ることができればいいが……」

さっそく使い道を思案し始めている。

「今日、店を閉めてから皆に話をしよう」

お前の意見も聞かせてくれ――となつめに言ってから、久兵衛はやりかけの仕事に戻っていった。

露寒軒の歌にあったように、たい焼きが本当におめでたい菓子になれるよう、自分も何

か力になりたい。なつめは真剣に考えをめぐらし始めた。

その日の夕方、太助やおまさも加わった席で、露寒軒の歌が披露された。

「ここはぜひとも、たい焼きの売り出しに合わせて、引き札を配りたいものです」

誰よりも早く、熱心な口ぶりで言ったのは、太助だった。

「ツキを呼ぶうさぎに、おめでたい焼きだなんて、文句もいいですねえ」

おまさもにこにこしながら言う。

引き札は作るということで話は決まったが、日数もないことなので、彫師《ほりし》や摺師《すりし》に頼むことはできない。そこで、手書きで作ることとなった。

「枚数は多いに越したことはありませんが、取りあえず今回の売り出しに限っては、無理をせずできるだけということにしましょう」

もともと辰焼きを買ってくれていたお客さんたちには、十月三日に同じような新しい菓子を売り出すということはお知らせしてありますし……と、太助は続けて言った。

「でも、引き札は誰が書くのですか」

おまさが心配そうに訊いた。

久兵衛やなつめ、太助には仕事がある。おまさにしたところで、体調を崩してからは通いの女中に半日来てもらっているような状態であった。

「引き札の字は、私に書かせていただけませんか」

なつめはその時、先ほどからずっと考えていたことを口にした。

「でも、なつめさんは厨房での仕事があるじゃないの。そうでない時は、あの子たちを見てもらわなくちゃならないし……」

「引き札作りは夜にやらせてもらいます。もちろん無理はしませんし、出来る限りということで。それから、引き札には絵を入れたらいかがでしょうか。うさぎの絵と鯛の絵です」

これは亀次郎に頼むのがよいのではないか――と提案すると、

「そりゃあいい。何たって、亀次郎はたい焼きのもとになる絵を描いたんだからな」

と、市兵衛がすぐに賛成した。

「よし。それじゃあ、明日、なつめはまず亀次郎にどんな絵を描けばいいか教えてやってくれ。厨房へ入るのは、亀次郎が一人で描けるようになってからでいい。もし郁太郎も手伝うと言ったら、あいつにやらせても大丈夫だろう」

久兵衛が言い、引き札作りのおおよその話はまとまった。

「引き札の書き方はなつめさんにお任せしましょう。ただ、照月堂の名前、戸田さまのお歌、それから、たい焼きを売る時刻だけは入れていただきたい」

太助が付け加えて言う。

たい焼きを売る時刻については、これまで辰焼きを売っていた八つ（午後二時）、八つ半（午後三時）、七つ（午後四時）の三回に、九つ半（午後一時）と七つ半（午後五時）が加わることになっていた。初売り出しから三日間だけ特別である。

「ところで、引き札を配る人ですが……」

続けて太助が心配そうに切り出した。

これは、昼間のことだから、なつめも引き受けることが難しい。すると、

「それは、私に任せてもらえないかね」

と、市兵衛が言い出した。

「親父が引き札を配るのか」

久兵衛が渋い顔をする。

「照月堂はご隠居さんを働かせてる、なんて評判になったら、お客さんの手前もありますしねえ」

太助も賛成しなかった。

「まあ、私がやってもいいんだが、ちょいと当てもある」

「まさか、辰五郎に頼もうっていうんじゃないだろうな」

久兵衛がますます渋い顔で市兵衛に訊いた。

「まあ、こちらが頼めば辰の字はいいって言うかもしれんが、辰焼きとの関わりを考えりゃ、あいつに頼むのはお前も気が引けるだろう」

市兵衛は、辰五郎以外に当てがあるという含みを持たせるような言い方をした。

誰のことかはその場では口にしなかったが、久兵衛はおおよそ察しがついた様子で黙り

込んだ。

（たぶん安吉さんだわ）

なつめはひそかに心の中で呟《つぶや》いた。

照月堂を飛び出し、辰五郎のところで世話になっている安吉は、京へ修業に行くことが決まっていたが、今はまだ準備をしているところである。

頼まれれば、おそらく安吉は喜んで力を貸すだろう。一度店を出た安吉にものを頼むのは、久兵衛としては気乗りしないところだろうが、照月堂に負い目を感じている安吉にとっては、ありがたいはずだ。

久兵衛もそんな安吉の気持ちが分かるせいか、それ以上、そのことで市兵衛を問いただそうとはしなかった。

（たい焼きはこうやって、照月堂の皆が力を合わせて売り出していく菓子になるんだわ）

そう思うと、胸が熱くなってくる。自分もまた引き札作りに励まなければ――そう心を沸き立たせながら、なつめはその日、大休庵へと帰った。

その夜、大休庵へ帰って夕餉《ゆうげ》を終えるなり、なつめは自室に引きこもった。その様子をうかがいに行ったお稲は、

「大変でございます」

と、その足で了然尼へ注進に及んだ。

「何があったんどす？」

目を見開いて問う了然尼の前で、

「なつめさまがまた、えらい病に取りつかれてしまったみたいで……」

と、お稲は告げた。

「病というて、先ほどは何事もあらへんように見えましたけど……」

了然尼は不審と不安の入り混じったような表情を浮かべて言う。

「お体の病じゃありません。例の『あれになりたい、これになりたい』病でございますよ」

何と今度は「書家になりたい病」のようでございます――と、お稲はなぜか小声になって続けた。

了然尼の顔つきから不安の色が消え、不可解な色合いだけが強まっていく。

「せやけど、なつめはんはもうあの病にはかからんのと違いますやろか。本人かて今朝あないに張り切って出かけて行ったのやし、つい先だっても、お稲はんは早とちりしたやありまへんか」

「そ、それは……その通りなんですけども……」

お稲はきまり悪そうに口ごもったものの、途中で思い直した様子で顔を上げると、

「でも、筆を手にしている時の目の色が違うっていうか。えらい真剣な目つきで、声もかけられないような具合だったんでございますよ」

と、やはり放っておくわけにはいかぬという眼差しで告げた。

とにかくなつめの様子を見てほしいというお稲に手を引かれるようにして、了然尼がな

つめの部屋をのぞいてみると――。

　確かになつめは脇目もふらぬ様子で、机に向かい、ひたすら手を動かし続けている。座敷の上には、書き終えたらしい紙が墨を乾かすために何枚も置かれていた。それを拾い上げ、読み始めた了然尼は、

「まあ、これは照月堂はんのお菓子の歌やあらしまへんの」

　と、声を上げた。その声になつめは驚いた様子で振り返った。

「了然尼さま、それに、お稲さん」

「なつめはん、これは何のためのお歌どすか」

　了然尼に問われ、なつめは今日照月堂へ露寒軒が訪ねて来たことから、引き札を作るに至った経緯を説明した。

「そうどしたか」

　了然尼は納得したようにうなずくと、お稲の方に顔を向け、含み笑いを漏らした。

「あれまあ！　またしても、あたしの勘違いだったんですか」

　お稲が吃驚《びっくり》した顔で言い、それから苦笑を浮かべた。了然尼はお稲と顔を見合わせ、笑い合った後、

「ほな、わたくしも少し手伝わせてもらいまひょか」

　と、気軽な口ぶりで言い出した。

「でも、了然尼さまにお手伝いいただいたなんて分かったら、照月堂の皆さんも気兼ねな

さることと思います」

　なつめが慌てて言うと、

「もちろん、わたくしが手伝ったことは、照月堂はんには内緒や」

　了然尼は微笑《ほほえ》みながら、唇にそっと手を当てた。

「でも……」

「筆遣いなら大丈夫ですやろ。そもそも、なつめはんに書を教えたのはわたくしやさかい、字も似てますしなあ」

　確かに、幼い頃から了然尼に手ほどきされたなつめの字は美しい。書を専門にする者が見れば分かるだろうが、そうでない者ならば、特に並べて見比べようとでもしない限り、違いは分からないかもしれなかった。

「それでは、お気持ち、ありがたく頂戴いたします」

　なつめは胸を震わせながら、了然尼の心遣いを受けた。

　そして、その日の夜と翌日の夜、なつめは了然尼に手伝ってもらいながら、懸命に引き札を書いた。

　望月のうさぎとたい焼きの絵は、亀次郎が喜んで描いた。もっとも、一人で描くのは大変だというので、亀次郎の絵を手本に、そっくりの絵を描けるよう、郁太郎が練習し、弟を手伝っている。

　うさぎと鯛の絵は愛嬌のある顔をし、今にも動き出しそうな様子で生き生きして見えた。

簡単な筆遣いながら、子供離れした正確さで菓子の特徴をつかんでいる。

そして、十月三日の当日。

九つ半から五回、照月堂では焼き立てのたい焼きを売り出した。

もともと辰焼きの人気があった上に、当日、安吉が店の近くで時折場所を変えながら、引き札を配った効果も加わったのか、菓子は店へ出すなり瞬く間に売り切れた。

「生憎《あいにく》、ただ今、焼いたものはすべて売り切れてしまいまして……」

太助が頭を下げて謝ると、

「何でえ。その新しい菓子とやらは、めでてえ菓子だって外にいた男が言ってたから、うちに買って帰ろうと思ってたのによ」

と、息巻く客もいた。

「申し訳ございません。しかし、おめでたい菓子というのであれば……」

太助はすかさず店に貼っておいた引き札を示しながら、

「〈たい焼き〉よりも先に、うちにはツキを呼ぶめでたい菓子がございまして……」

と、〈望月のうさぎ〉を売り込んだ。

「へえ。ツキを呼ぶから〈望月のうさぎ〉ってのか」

「違うだろう。うさぎは餅をつくから、〈望月のうさぎ〉って言うんじゃねえのか」

客たちは互いにあれこれ言い合いながらも、望月のうさぎにも興味を持ってくれた。次のたい焼きの売り出しを待てない客の中には、「それじゃあ」と言って望月のうさぎを買っていく者もおり、たい焼きにありつけた客の中にも「この店の味が気に入った」と言って、望月のうさぎを買って帰る者もいた。

売り出しから三日間は、あっという間に過ぎた。

「いやいや、たい焼きは十五回の売り出しで、全部がすぐに売り切れました」

三日目の晩、太助が疲労をにじませながらも、満足そうな顔で言った。

「おまけに、たい焼きが好調なのと、戸田さまのお歌のお蔭もあって、望月のうさぎがここ数か月で、初めて見る売れ行きのよさでしたよ」

「店に引き札を貼って、太助が何度も何度もお客さまに『ツキを呼ぶ菓子』だと紹介してくれたからだろうねえ」

市兵衛が太助の健闘を称えた。

「いや、まあ、それもありますが……」

太助は照れくささをにじませた表情を浮かべながら、さらに言う。

「引き札を外で配った効《き》き目もありましたよ。ただ、いかんせん今回は枚数が少なかったですから、この次はちゃんと彫師と摺師に頼んで、摺りもので出しましょう」

いずれにしても、なつめさんと坊ちゃんたちがよく頑張って引き札を作ってくれました
――と、太助はなつめと子供たちに感謝を述べた。

郁太郎と亀次郎は店を閉める間際に、久兵衛の焼いたたい焼きを頬張りながら、笑顔を見せている。

「たい焼きはひとまず、うちの店にとっておめでたい菓子となったようだねえ」

市兵衛が満ち足りた笑みをにじませて言い、皆がその言葉にうなずきを返した。

だが、その後まもなく、久兵衛だけが考え込むような難しい表情を浮かべた。

「お客さまがたい焼きを気に入ってくださるのはいいが、うちみたいな人手のない店じゃ、どれだけ人気が出ても出せる数に限りがある」

といって、熱いうちに食べてもらうのが売りの焼き菓子を、事前に焼いておき、冷えてからお出しするのは申し訳ない――と、最後には厳しい顔つきになって、久兵衛は言った。

できるなら、冷めてもおいしいたい焼き――いや、それはもうたい焼きとは別の菓子になるのかもしれないが――そういう菓子を作れないものかと、久兵衛は早くも先を見越しているようであった。

「冷めてもうまい菓子なら、この季節、前の日に焼いたものでも売れるかもしれん。そうすりゃ、たくさんの人に食べてもらえるし、家に持ち帰って食べてもらうこともできるようになる」

そうなれば、足腰が弱く店まで来ることのできない客にも食べてもらえるだろうし、お持たせに使ってもらえるようになるかもしれない。

その言葉に、市兵衛と太助が無言のまま大きくうなずき返しながら、頼もしげな眼差しを久兵衛に注いでいる。

（辰焼きからたい焼きへ、たい焼きからまた別の形へ、どんどん前へ進んで行く菓子もあ

るんだわ）

まるで芽吹いた若葉が育っていって大きな葉となり、やがて花を咲かせ、実をつける木のように――。

なつめはそう思いながら、静かに目を閉じた。

眼裏《まなうら》には、大休庵の棗の木の姿が優しく浮かび上がってきた。

第二話　柿しぐれ

一

　十月に入って、朝晩は一気に冷え込むようになった。この三日から、駒込の菓子舗照月堂で売り出したたい焼きの評判がたいそうよいことは、その翌日にはもう、上野氷川屋の主人勘右衛門《かんえもん》の耳に入っていた。

　照月堂が配っていたという引き札も、小僧が一枚もらってきたので、勘右衛門の手もとにある。何とも忌々《いまいま》しいことに、歌詠《うたよ》みとして名高い戸田露寒軒が照月堂のために歌を作ったというではないか。

　その歌に添えられた絵がどこかたどたどしい筆致の引き札は、かえって愛らしい風情となっている。

　腹立たしさのあまり破り捨ててしまいたいところだが、露寒軒の作った歌だと思うと、何となくおそれ多い気がして、それもできない。

（戸田さまに歌を作っていただくに当たり、あの店は一体、いくら支払ったものか）

そんな計算が自然と頭の中に浮かぶ。氷川屋のためにも歌を作ってくれと頼んだなら、露寒軒はいくらで引き受けてくれるだろうか。照月堂の倍は出してもいい。その代わり、露寒軒の名を大々的に利用させてもらいたい。

照月堂のようなみすぼらしい引き札ではなく、名のある絵師に上野の名所絵でも描いてもらい、そこに氷川屋をのせてもらうのだ。それを色摺《いろず》りで摺って、引き札として配ったならば、どれほどの評判になるだろうか。

（いやいや、引き札以前に、うちの店では大々的に売り出すような菓子がないではないか）

もちろん氷川屋にも客に誇れる菓子はいくらでもある。旗本や大名家で開かれる茶会に出す主菓子《おもがし》の注文も受けている。

吹けば飛ぶような照月堂など比べものにならないだけの商いをしているというのに、しかも、先だっての競い合いで勝利を収めたというのに、この焦燥感は何であろう。

（つまりは、あの店の〈辰《たつ》焼き〉だか〈たい焼き〉だかいうような菓子がうちの店にはないからだ）

氷川屋勘右衛門はそう結論づけた。

あの店が辰焼きで客足をつかみそうになっている時、その菓子そのものを氷川屋で頂戴してしまおうと画策したが失敗した。競い合いで決着をつけることとなり、競い合いそのものには勝ったのだから、辰焼きをよこせと言ってもよかったのだが、どうやら競い合いそのものの公正さを疑っているらしき露寒軒の手前、遠慮しておいた。

何も不正なことをしたわけではない。

競い合いの判定人に、ちょっと小細工を施しただけだ。

氷川屋が選んだ判定人は、菓子の味がどうあれ、氷川屋を選ぶと分かっていた。露寒軒が推した陶々斎《とうとうさい》とかいう武士に接触するのは危ういと判断した。

それで、照月堂が選んだ判定人を探り出したところ、植木職人の健三《けんぞう》とかいう男で、軽々しいところがある上、権威や金に弱いところのある人柄だと分かった。

金に弱いが、金に汚いわけではない。

こういう庶民にはあからさまな賄賂を贈れば、かえって反撥《はんぱつ》して正義感を発揮されることになりかねない。が、賄賂というほどではない小さな恩を着せておけば、それに報いなければならないという気にさせることができるものだ。

「おたくは照月堂さんのお得意さんということですが、うちの店の菓子を食べたことがないのでは、公正さに欠けるというものでしょう。どうぞ、競い合いの前に、うちの店の菓子も食べてください」

そう言って、氷川屋の名品をどっさり、健三の家へ届けさせたのだ。

「何、気にすることはありません。うちの店が選んだ判定人にも、照月堂さんが自分のところの菓子を届けているはずです。ふだん店で売っている菓子も知った上で、競い合いの菓子を食べ比べてもらおうというだけの了簡《りょうけん》なのですから」

もちろん、そんなことは出まかせだったが、健三はあっさり信じたようであった。

届けさせた菓子には、植木職人ごときがふだんはめったに口にできないような主菓子もたくさん入れておいた。売り値に換算すれば相当な金額だったが、競い合いに勝つためならば、決して高くはない。

健三は恐縮して氷川屋の菓子を受け取り、その負い目によって、競い合いの判定では氷川屋に軍配を上げた。おそらく、あの男は競い合いの菓子の味の違いなど、よく分からなかったのではないか。照月堂が出してきた菓子〈菊のきせ綿〉の深い味わいが分かる舌など持ち合わせてはいなかったのだ。

高価な菓子をもらってしまったという心の負い目と見た目の華やかさから、氷川屋の菓子を選んだに過ぎない。

だが、氷川屋勘右衛門には菊のきせ綿の値打ちが分かった。

(あの店の主人の腕は、うちの親方の重蔵《じゅうぞう》が及ぶものではない)

照月堂の主人久兵衛を、氷川屋の親方として迎えられるなら、どれだけの金を積んでもかまわないとさえ思える。が、職人であると同時に、二代目となる店の主人でもある以上、それは難しいだろう。

久兵衛は主菓子を作る腕や感性を備えている上、たい焼きのような江戸の庶民に人気の菓子を作ることもできる。主菓子の商いでは氷川屋が何歩も先んじているが、庶民ふうの菓子では照月堂に負けている。そして、久兵衛が本気で主菓子の商いに力を入れ出したら、この先はどうなるか分からない。

（氷川屋は主菓子では無論のこと、江戸っ子たちにもてはやされる菓子作りでも一番でなければならん）

つまりは全部欲しい。

主菓子を売る名店としての評価も、人気店としての評判も――。

（前回は失敗したが、まあ、あれは安吉とかいう職人がたまたま身勝手なことをしてくれたせいで、訪れた機会にすぎん。今度はもっと入念に仕度をして、確実にあの店を追い込んでやらなくては――）

そのためには、どんな方法があるだろうか。

考えをめぐらした勘右衛門の頭の中に、つと一人娘しのぶの顔が思い浮かんだ。

競い合いの前は、自分も画策に忙しく、妙に照月堂に肩入れしているらしい娘を放置してしまった。

だが、あれは氷川屋の跡取り娘だ。

今までは好きにさせてきたが、これから跡取りとしての自覚を植え付けねばならないだろう。

となれば、照月堂の菓子が好き、などと人前で平然と口にする娘であってはならない。

照月堂へ頻繁に足を運び、女だてらに菓子職人の真似事《まねごと》をしている小娘と仲良くなるなど、とんでもないことだ。

（いや、そうとも限らぬか）

その時、勘右衛門はふと思い直した。

しのぶがあの職人もどきの娘と親しくなれば、照月堂の内情を労せずして探り出すことができる。あの娘と親しくするなと命じれば反撥するかもしれないが、あの娘ともっと親しくなって、照月堂の様子を探り出せと言えば、しのぶは一体、どうするだろう。

いったんは迷い、悩みはするだろうが、それを乗り越えなければ、これからさらに大店《おおだな》となっていく氷川屋のおかみにはなれまい。

これで、しのぶの器を見極めることもできよう。もちろん、跡取り娘であることに変わりはないが、しのぶの器量によって、婿となる者に望む資質が変わってくる。

商いに才ある者がいいのか、あるいは職人たちを牽引《けんいん》していく菓子作りの才に秀でた者がいいのか。

（まずは、しのぶを試してみるか）

そう心を決めた勘右衛門は、女中にしのぶを部屋まで来させるよう命じた。

やがて、待つほどもなく、しのぶがやって来た。薄紫の地に鶴の絵柄の振袖《ふりそで》姿で、淑《しと》やかな佇《たたず》まいである。

「父さま、何の御用でしょうか」

しのぶは勘右衛門の前に手をついて挨拶した。一礼して上げた顔には、何を言われるのかと身構えるような表情が浮かんでいる。

「今日はお前に頼みがあって呼んだ」

あれをしろ、これをするな、というような命令口調で言われるのかと思っていたらしいしのぶは、父の言葉に意外そうな眼差《まなざ》しを見せた。

「お前は確か、照月堂に雇われている同い年くらいの娘と親しくなったそうだな」

「なつめさんのことですね」

しのぶの表情に警戒の色が走る。

「ああ、なつめさんといったか。競い合いの席で紹介されたのだが、名はうっかり忘れてしまっていてね」

勘右衛門は穏やかな口ぶりで言い継いだ。

「そのなつめさんと……」

とそこまで言いかけると、不意にいつになく強い語調で、しのぶがそれを遮った。

「お付き合いするなというお言葉なら、私は従えません。なつめさんは女ながら菓子職人を目指す立派な方です。私は職人にはなりませんが、菓子屋の娘として、なつめさんとはお互いに高め合っていくことができるように思うのです。ですから、私がなつめさんとお付き合いをするのを、どうか許してください」

しのぶはどことなく切羽つまった口ぶりで言い、その場に手をついて頭を下げた。

「何を言っている」

勘右衛門は驚いたような表情を浮かべた後、口もとに笑みをにじませた。

「私がいつ、なつめさんとの付き合いをよせと言った」

「えっ……」

しのぶは驚いて顔を上げた。

「私はむしろ、お前がもっとなつめさんと親しくなればいいと思っているよ」

「本当ですか」

「ああ、本当だとも」

と、勘右衛門は物分かりのよい様子でうなずいてみせた。

「照月堂さんには学ぶところが多くある。そこで働くなつめさんから、お前も学ぶところが多くあるのだろう」

いつになく理解ある父の言葉に、しのぶの顔に喜色が浮かんだ。

「ついては――」

と、ここで勘右衛門は顔から笑みを消した。

「お前はなつめさんと親しくなり、照月堂さんのことをよく学んできておくれ」

「学ぶ、とはどういうことでしょう」

しのぶの表情がわずかにこわばった。

「学ぶとは、相手からさまざまなことを教えてもらうことであろう。お前は今、なつめさんと親しくなって、互いに高め合っていきたいと申したではないか」

「さまざまなこととは、どんなことでしょう？」

「照月堂ではどんな菓子を作り、どんな売り方をしようとしているのか。売れ筋の〈たい焼き〉という菓子があるそうだが、それはどんなふうにして作るのか。厨房《ちゅうぼう》の職人はどんなふうに仕事をしているのか」

勘右衛門は滔々《とうとう》と語ってゆく。

「父さま……。それは、なつめさんを通して、私に照月堂さんの内情を探れという意味ですか」

しのぶの顔は今にも泣き出しそうにゆがんでいたが、勘右衛門は気づかぬふうを装い、先を続ける。

「探ると言うと、言葉が悪い。照月堂さんからいろいろと学ばせてもらうということだよ。それは、お前も望んでいることだろう」

「私が申し上げたのは、なつめさんと友として交わりたいということです。照月堂さんの内部のことを暴こうなんていうつもりはさらさらありません」

「何も堅苦しく考えることはあるまい。友というものは、互いに裏表なく語り合うものであろう。お前だって、なつめさんから何か訊《き》かれたら、知っていることを教えてあげればいい。それはなつめさんのためにもなるだろう。そして、お前はなつめさんに、私が先ほど申したことを尋ねればいいんだ。たとえば、そう、たい焼きを作るこつなどをな」

容赦《ようしゃ》のない父の言葉に、しのぶは「やっぱり父さまは相変わらずだ」とでもいうような恨めしげな目を向けた。

「私が店について知っていることなんて何もありません。父さまは、私の口から氷川屋の大事な何かが漏れることはないと安心して、そんなことをおっしゃっているんでしょう」

「お前は何やらおかしな邪推ばかりしているようだが、何も嫌なら仲良くしなければいい。なつめさんとの付き合いを断てばいいだけの話だ」

と言い切った後、話は終わりだと、勘右衛門は告げた。

打ちひしがれた様子のしのぶは、返事をせず黙り込んでいる。

しのぶは仮になつめとの付き合いを続けたとしても、それで知った照月堂の内部事情をありのまま自分に打ち明けることはないだろう、と勘右衛門は思った。

(まあ、いい。それをしのぶから聞き出すのは、私でなくてもいいのだからな)

方法はいくらでもある。しのぶが心を打ち明けて話せる相手を見つけ出し、手を回せばいいのだ。

店の中に、そういう相手は一人や二人、必ずいるに違いないのだから。

「……失礼します」

しのぶは頭を下げた後、勘右衛門とは目を合わせようともせず、立ち上がって部屋を出て行った。

その直後、しのぶが誰かとすれ違ったらしい気配が伝わってきて、「お嬢さん、失礼しました」と言う低い声も聞こえてくる。

続けて、「旦那さん、失礼いたします」という、先ほどよりも大きな声が襖《ふすま》の外でした。

「ああ、入れ」

入って来たのは若い職人の菊蔵《きくぞう》だった。

親方の重蔵が目をかけており、先の競い合いでも手伝っていたから、勘右衛門も顔を覚えている。腕がいいだけでなく、顔つきも整っており、大勢の職人たちの中でも目立つ若者だった。

菊蔵は盆を携えていた。

「旦那さんに新作の菓子を召し上がっていただくようにと、親方が申しましたので」

その菓子を茶と共に運んできたということらしい。畳の上に置かれた盆の皿には、明るい黄色の饅頭《まんじゆう》がのっていた。

「それは〈黄身しぐれ〉だな。何もめずらしいものではあるまい」

勘右衛門は面白くもなさそうな声で応じた。

玉子の黄身を混ぜた餡《あん》で中の餡をくるんだ菓子で、表面に罅《ひび》が必ず入っており、その裂け目から中の餡がのぞき見える。そのありさまが、時雨《しぐ》れた空の雲の裂け目から光が漏れる様子に見えるというので、〈黄身しぐれ〉という名がついていた。

ただの黄身しぐれならば、勘右衛門は今までに何度も口にしたことがあったが、

「いいえ。中に入っている餡がいつもの〈黄身しぐれ〉とは違っておりまして」

と、菊蔵は目を伏せ、低い声で説明した。

「そうか。まあ、試させてもらおう」

勘右衛門は言い、皿を手に取り、添えられていた黒文字《くろもじ》を鋳の部分に当てた。鋳に沿って、菓子はきれいに割れ、中からは暗い橙《だいだい》色をした餡が見える。

確かにいつもと違うと思いながら、勘右衛門はそれを口に運んだ。

「ほう、柿を使ったのか。これまでにない味わいで、悪くない」

勘右衛門は目を細めて言いながら、まだ皿に残っている半分の切り口をじっと見つめた。

「まだ名は決まっておりません。親方は旦那さんに菓銘をつけていただけたら、と申しておりましたが」

あの照月堂との競い合いで、親方の重蔵にも気合が入ったのかもしれない。命じられもせぬのに新作の菓子を作り上げるなど、それだけやる気になっているということだ。

悪くない傾向だと思いながら、勘右衛門は今食べた菓子の菓銘を思案した。

時雨れた空の風情を表しているのは黄身しぐれと同様なのだから、「しぐれ」は残した方がよい。

「そうだな。〈柿しぐれ〉でどうか」

捻《ひね》った菓銘ではないが、季節感が出ているし、客にも覚えてもらいやすい名だ。

どことなく得意げな顔つきで言う勘右衛門に、

「よい菓銘と存じます」

菊蔵は淡々と応じ、頭を下げた。

二

昼の八つ（午後二時）近くになると、照月堂の店先には急に人が多くなる。そして、その客たちは手を差し出すや、決まってその菓子の名を口にするのだった。

「〈おめでたい焼き〉ください」

「はい。〈たい焼き〉ですね」

店番の太助もまた、決まって客の言葉を言い直すのだが、客の方は引き札の影響で〈おめでたい焼き〉という名だと思い込んでいるらしい。

「〈おめでたい焼き〉は、二つ以上買えないんですか」

「はい。〈たい焼き〉は数が限られているので、ひとまず、お一人さま一つ限りでお売りしています。お客さまの列が途絶えたら、すでにお買いくださったお客さまでも、二つ目をお売りいたしますが……」

「そうか。じゃあ、取りあえず、一つ目の〈おめでたい焼き〉を食べながら、二つ目を買えるかどうか、待っていればいいんだね」

「そういうことでしたら、生憎《あいにく》、狭い店ではございますが、上がり框《がまち》に腰かけて召し上がっていただいてけっこうでございます」

こんなやり取りが、日に何度もくり返される。

たい焼きの売れ行きは辰焼き以上に好評であった。皮の材料や餡の作り方は変えていないので、鯛《たい》の形の愛らしさと菓銘、それから、露寒軒の歌による効果があったと考えるべきだろう。

初日に配った引き札は手作りだが、その後、太助が摺師《すりし》と彫師《ほりし》に注文し、摺り上がってきてからはそちらを使っている。知り合いにも勧めてくれという意味をこめて、たい焼きを買ってくれたお客に手渡すようにしていた。

その効果が高かったのは喜ぶべきことだが、おめでたい焼き、という呼び方が妙な具合に浸透してしまった。

客の多くが〈おめでたい焼き〉と連呼するので、

「このままでは、〈おめでたい焼き〉ということになってしまいそうですよ」

たい焼きを売り始めて十日もすると、太助はそんなことを言い出した。

店を閉めた後、たい焼きの売れ行きと今後について話し合うため、久兵衛となつめ、市兵衛、太助が居間に集まった席のことである。

「つまりは、それだけお客さまに好かれている菓子ということなんだろうねえ」

市兵衛が笑みをこぼしながら呟《つぶや》いたが、久兵衛はいつになく浮かない顔つきをしている。

「何か気がかりなことでもあるのかね」

市兵衛が尋ねると、久兵衛は吐息をついた。

「たい焼きは形こそ違うが、もとは辰焼きだし、あれは辰五郎の作った菓子だ。ところが、形を変えただけのたい焼きがよく売れている。お客たちは今じゃあもう、辰焼きのことを忘れているんじゃねえか」

久兵衛が目を太助に向けると、太助はおもむろにうなずいた。

「そうですな。初日や二日目こそ、辰焼きを知るお客さまから、辰焼きと味わいが同じで嬉《うれ》しいとか、辰焼きより見た目がかわいいとか、そんな声が上がりましたが、今じゃあもう、辰焼きという言葉自体、お客さまの口から聞くことはありませんねえ」

「俺は、辰焼きと同じ味わいのたい焼きも売りつつ、違った味わいや違う食べ方のできるたい焼きを作ろうと思ってたんだ。売れ行きが伸びなけりゃ、そういう工夫をする暇もあったが、今じゃ、そんな余裕はとても持てねえ」

「つまり、たい焼きのせいで辰焼きがかすんじまったから、辰五郎に悪いと思ってるんだな」

久兵衛の心を推し量って、市兵衛が尋ねた。

「まあ、そういったところだが……」

「しかし、辰五郎の店も今月末には店開きをするし、そこで辰焼きを売り出せば、あっちでもよく売れるんじゃないかね」

「だが、今となっちゃ、逆に辰五郎がたい焼きを真似したみたいに思われねえかな」

久兵衛は浮かぬ顔つきのまま呟いた。

「そういうことはあるかもしれんが……。まあ、そうなっても、辰の字が四の五の言うとは思えんがね」

「そりゃ、そうだろうが……」

気楽な物言いをする市兵衛に対し、久兵衛は気がかりが抜けきらぬ様子である。

その日はそれで終わったのだが、その翌日、七つ（午後四時）に売るたい焼きを作り終えると、

「なつめ、お前、今から辰五郎の家へ行ってこい」

と、久兵衛はいきなり言い出した。

「今日売る菓子はもう終わりだ。片付けと明日の仕込みは俺がするから、今日は辰五郎のところから、そのまま帰ってくれていい」

「分かりました。辰五郎さんにどんなご用向きですか」

なつめが応じると、久兵衛は困ったような表情を浮かべた。

「用向きっていうか、様子を見てきてほしいんだよ」

「様子って、辰五郎さんの様子ですか。それとも、辰五郎さんのお店の準備の方ですか」

「両方だ。そんで、できれば……」

と、少し言いよどんだものの、久兵衛は気を取り直した様子で先を続けた。

「たい焼きの件について、辰五郎がどう思っているか、そこんところを聞いてみてくれ。ああ、無理だったらいいんだが……。その、話の成り行きで聞き出せそうなら――ってい

う話だ」

いつになく歯切れの悪い物言いであった。

本当は、明日使う餡作りの仕込み——それぞれの菓子に使う小豆《あずき》を選別する要点を覚えたい。もしかしたら、手伝いもさせてもらえるのではないかとわくわくしていたのだが、

「分かりました」

と、なつめは答えた。

市兵衛の言っていたように、辰五郎がたい焼きの成功をうらやんだり妬《ねた》んだりすることはないと思うが、久兵衛はやはり気がかりな様子である。かつて、久兵衛と辰五郎は、作りたい菓子の方向性の違いから、激しく対立したこともあったのだ。

(辰五郎さんが店開きをして、そのお店で辰焼きがたい焼きと同じくらいよく売れたら、旦那さんの気がかりもなくなるんでしょうけれど……)

そんなことを思いながら、なつめはいつもより早く帰り支度をして、本郷の方へ足を向けた。

辰五郎が店と住まいを兼ねて借りているのは、乳香散《にゅうこうさん》で有名な兼康《かねやす》の通りから、一本外へ出た通りにある。

本郷も兼康までは江戸の内——と言われるわけで、辰五郎の家は残念ながら江戸の外。兼康からそれほど離れてはいないのだが、やはり人の行き来は兼康のある通りに比べると、一気に少なくなる場所であったから、そこにうまく客を呼び込めるかどうかが、商い

の成功にかかってくるだろう。

辰五郎の家には遠目にも分かる大きな柿の木があるので、なつめは兼康を過ぎたあたりから、柿の木を目指して歩いた。

(そういえば、安吉さんはもう京へ発《た》ったのかしら)

照月堂を出て以来、辰五郎の家で世話になっている安吉のことがふと気にかかった。たい焼きを売り出した日に、引き札配りを手伝ってくれた安吉と、なつめは顔を合わせていない。

最後に会ったのは、安吉が九月十三夜の月見団子を売った金を届けに、照月堂へ来た時だから、かれこれひと月前のことになる。

安吉の引き起こしたあれやこれやが続けて浮かび、なつめはふふっと笑みをこぼした。

(笑い話じゃすまないことも、いっぱいあったんだけれど……)

間もなく、見覚えのある柿の木が目に入ってきた。

隣が空き地なので、柿の木も建物もよく見える。柿の木にはもう熟した実がたくさんなっており、すでに収穫したものが干し柿として軒先につるされていた。

「辰五郎さん、照月堂から来ました。なつめです。おいででしょうか」

戸口の外から声をかけると、

「ああ、ちょっと待ってくれ」

と、すぐに応じる声がして、中から辰五郎が戸を開けて現れた。

「やあ、なつめさん。久しぶりだね。今日はご隠居さんは来てないけど、安吉に用かい？」

「いえ、辰五郎さんの様子、いえ、店開きの準備の様子を含めてってことですけれど、旦那さんが見てくるようにおっしゃったので」

なつめが言うと、辰五郎は笑いながら、

「様子も何も、しょっちゅう、ご隠居さんがいらしてるんだから、ご案じなさることもないだろうに……」

と言って、なつめを中へ通してくれた。

以前、この家へ来た時は、もともと食堂だった造りのまま、台やら腰かけやらが雑然と置かれていたが、そうしたものは片付けられ、菓子屋の店先ふうに、土間と広い上がり框が作られている。

そして、奥にもともとあった厨房がそのまま、菓子作りの厨房になっていた。

辰五郎はその厨房で作業をしているところだったらしい。

「新しいお店で売る菓子を作ってらしたんですか」

「ああ、ここでなってる柿を使って、新しい菓子を拵《こしら》えようと思ってね」

「大旦那さんも、辰五郎さんに柿のお菓子を作らせてやりたいっておっしゃっていました」

「ああ。材料だけはたくさんあるんだ。渋柿だから渋抜きが必要なんだけど、干し柿にするとかなりいける。けど、そのまま出してたんじゃ、菓子屋として名折れだしな。今、思案中だよ」

辰五郎の表情は屈託のないものだったが、辰焼きの話がまったく出てこないのも気になって、

「あの……辰焼きは作らないんですか」

なつめは少し遠慮がちに訊いた。

「ああ、焼き型は譲ってもらったし、『辰』の字の焼き印も返してもらった。竈《かまど》もあるから、あれを売り出す準備は整ってるんだがね……」

辰五郎の物言いはそれまでより、どことなく歯切れが悪い。

「もしかして、照月堂でたい焼きが評判になったので、辰焼きを売り出すのを躊躇《ためら》っているんですか」

「いや、そんなことは考えてねえよ」

なつめの言葉に、辰五郎は苦笑した。

「そうじゃなくて、せっかく新しい店を出すんだ。辰焼きもいいけど、新しい菓子をこの店の売りにしたい。せっかく、店の外に目立つ柿の木があるんだし、ちょうど今の季節の店開きなんだから、何とか柿を使った菓子を作りたくてね」

辰五郎の表情には、苦悩の翳《かげ》りは特にうかがえず、新しいことに挑戦しようという意気込みだけが感じられる。きっと、新しい菓子の思案がうまくいっているのだろうと、なつめは考えた。

「本当は、辰五郎さんの辰焼きが元祖なのに、たい焼きの評判が高くなったから、辰焼きが二番煎《せん》じのように思われるんじゃないかって、旦那さんは気になさってるみたいなんですけれど……」

「そんなこと、気になさる必要はねえのに……」

辰五郎はかえって申し訳ないという表情を浮かべて、首を横に振った。

「俺は本当に、この柿で勝負したいと思ってるだけだ。何たって、ここで店を続ける限り、豊富にある材料なんだからな」

確かに、商いとして成功すれば、辰五郎の店を支える大事な品目になるだろう。

「照月堂のたい焼きが見事に当たったのは、俺としてはただ嬉しいだけだよ。引き札配りくらい手伝いたかったが……」

辰五郎の言葉にほっとしながら、先ほどから気にかかっていた安吉について、なつめは尋ねてみることにした。

「安吉さんはまだこちらにいるのでしょうか」

「ああ。でも、一両日中には発つつもりらしいな。照月堂の旦那さんに書いてもらった紹介状はもう受け取っているし、照月堂の皆には発ってから知らせてくれって、俺が頼まれてたんだが……」

辰五郎の言葉に、なつめは目を剝《む》いた。

「じゃあ、安吉さんったら、私にも何も言わず、発つつもりだったんですか」

思わずぷんぷんした口調になってしまう。

「さあ。そこまでは聞いてねえが……」

けど、まだいるんだから会って行けばいいじゃないか——と、辰五郎は笑いながら言った。

確かにその通りだと思うと、腹を立てた自分の姿がおかしくなってきて、なつめも笑い出した。

「安吉は二階にいるよ」

と、辰五郎から教えられ、なつめは階段の方へと進んだ。

「ずいぶん前から、旅仕度を始めてるはずなんだが、何だか手際が悪くてね。ちょいと世話してやってくれよ」

後ろから追いかけてきた辰五郎の言葉に、なつめは思わず足を止めると、はあっと溜息《ためいき》を一つ漏らした。

階段を上ってすぐ右手の部屋から、がさごそと騒がしい音が聞こえてくる。なつめが声をかけると、

「やあ、なつめさんか」

という安吉の声がした。

入ってくれと言うので、戸を開けてみると、いろいろなものが床の上に散乱していた。

広げられたままの手拭いや着物、ばらばらに散らばった紙包みの数々。

「いやあ、長旅っていうのは初めてでさ。脚絆《きやはん》に草鞋《わらじ》、勝手がよく分からなくて大変だよ」

安吉は少しきまり悪そうな表情を浮かべて言う。

「確かに、大変なことになっているようですね」

なつめは部屋の中をぐるりと見回しながら、あきれて呟いた。

そもそも、安吉は大した荷物も持っていなかったはずだが、いつの間に、こんなに物が増えたのだろう。

「古着屋や古道具屋を回ってるうちに、旅に出るなら必要だってんで、店でいろいろ勧められてさあ」

脚絆に草鞋、手甲《てつこう》、手拭い、鼻紙などは必要としても、古着も以前より増えているし、薬が入っているという袋も中身は分からないが、四、五袋ほどはある。

どうやら勧められるまま買ってしまったらしいが、これでは月見団子を売って手に入れた金を大分使ってしまったのではないだろうか。

「着替えは一着あればいいし、薬だって腹痛と傷の塗り薬があれば大丈夫。必要だったら、道中で買い足せばいいんですから」

「そうか。買い足せばいいのか」

なつめの言葉に、安吉は感心した様子でうなずいた。

「東海道は大きな宿場が多いんだから、心配はいりません。安吉さんが絶対に持って行かなきゃいけないものは、旦那さんの書いてくださった御文《おふみ》と、番頭さんの筒袖《つつそで》、それに大事な黒文字の入った巾着《きんちゃく》。それだけでしょう」

姉が弟に説き聞かせるような口ぶりで言うと、

「ああ。その三つは忘れねえ。黒文字の巾着はほら」

と、安吉は胸もとをごそごそとやって、藍《あい》色の巾着を取り出した。

「なつめさんがくれた巾着に入れて、首からつるしてるからさ」

得意げな顔つきで言う安吉の様子には、憎めない愛嬌《あいきょう》がある——と、思っていると、

「そうだ、なつめさんは京の生まれだったんだよなあ」

安吉はふと思い出したように言い出した。

「何か、俺に頼みごとがあったら遠慮なく言ってくれよ。俺、なつめさんのお役に立てると思うんだよな」

その、人の上に立ったような物言いはどうにかならないものか——と思いながらも、まるで悪びれたところがなく、にこにこ笑っている安吉を見ると、何も言えなくなる。

「そうですねえ」

と、考えをめぐらしたなつめの脳裡《のうり》に、真っ白な丸い餅菓子が思い浮かんだ。

「京へ着いたら、まず菓子屋さんを回って、〈最中《もなか》の月〉を探してみてください。江戸と違って、あちらでは煎餅《せんべい》じゃなくて餅菓子で売られているの。それをぜひ、安吉さんにも食べてみてほしいわ」

「最中の月だな。分かった」

安吉は大きくうなずいた。

「照月堂の〈望月のうさぎ〉と味わいは変わらないはずだけど、その元祖となったお菓子だから。それから――」

最中の月は、なつめにある記憶を呼び起こさせる。京で最後にあの餅菓子を目にした時の記憶――。

だが、それを口にするのは躊躇いがあった。

「それから――何だい？」

安吉が何の気なしに促してくる。その気楽そうな物言いを聞いていると、なつめは自分の心に抱えているものも少しばかり軽くなるような気がしてきた。

安吉が相手ならば、謎に満ちた重苦しい過去も、気を張らずに話せるような気がする。

「これは、もしも分かったら、ということでかまわないのだけれど……」

と、なつめは切り出した。

「私の二親は八年前に火事で亡くなっているんです」

安吉が声にならない驚きの息を漏らした。

なつめは、父親が五摂家《ごせっけ》の一つ二条家に仕える武士だったこと、その屋敷の近くに暮らしていたこと、兄と父が火事の当日諍《いさか》いをしていたこと、その後、なつめの記憶はなくなっており、目が覚めた時には火事に遭って二親と兄が死んだと聞かされたことを語った。

「なつめさんはお武家の出だったのか……」

安吉が驚愕《きょうがく》と困惑を張りつかせた顔で呟いた。

「ええ。でも、実家は取り潰しになってしまったんです。火事の後に――」

「それで、なつめさんは江戸に来たのか」

「ええ。でも、私は記憶がないせいか、火事のことも父上や母上の死も、実際に起こったことのように思えなくて。今でも、夢や草紙の中の出来事のようにさえ感じられるんです。でも……」

一つだけどうしても気にかかることがある――と、なつめは打ち明けた。死んだとされる兄の亡骸《なきがら》が本当は見つかっていないことを、親戚たちの会話から知ってしまったのだ、と――。

「そ、それじゃあ、なつめさんの兄さんは生きているってことか」

「私は生きておられると信じています。親戚たちは、兄上が父上と母上を手にかけたんじゃないか、などと言っていましたけど、私は兄上がそんなことをしたとは、どうしても思えないんです」

「そりゃそうだよ。子供が親を手にかけるなんて……」

それがどんなにひどい親だってさ――と、安吉はかすれた声で言った。

安吉は昔、父親から殴る蹴るの暴行を加えられていた。それでも、親に手を上げることは考えたこともないという。

「なつめさんの父さん、いや、父上って人は俺の親父みてえにひでえ人じゃなかったんだろ」

「父上は厳しい人でした。特に事件の夜は、兄上に対して行き過ぎなまでに——。でも、だからといって、兄上が父上に手を上げるなんて……。ましてや、優しかった母上までも手にかけるなんて、絶対にあり得ません」

「そうか……。で、俺にしてほしいってのは、その火事について調べることだな」

　安吉はいつになく真剣な口ぶりで訊いた。

「安吉さんも京では菓子の修業で忙しくなるのですし、調べるなんてとても無理ですよ。でも、たまたまでも瀬尾家《せのおけ》の火事について耳に挟むことがあったら、知らせてほしいんです。それから、万が一、兄上の手がかりが分かるようなことがあれば……」

「もちろんだ。なつめさんの兄さんの名は……」

　安吉の問いに口で答えようとしたなつめは、念のため、紙に書いて渡しておくことにした。安吉から携帯用の筆と墨壺《すみつぼ》を借り、懐紙《かいし》に「父瀬尾主馬《しゆめ》、二条家家士、死去。兄瀬尾慶一郎、齢《よわい》二十五」としたためる。

　読み方を口で伝えると、安吉はそれを復唱した後、覚え書きの紙を少し考えるようにしてから、なつめの渡した藍色の巾着袋の中に折り畳んでしまい込んだ。それから、

「ふだんのなつめさんを見てると、とてもそんな生い立ちだとは思えなかった。二親がいないとは、前に聞いてたけどさ。まさか、そんなふうに亡くなってたなんて……」

安吉はなつめから目をそらすと、わずかにうつむいて言う。

「俺は何だか恥ずかしいよ。ひでえ親父を持っちまったって、何でも親父が悪い、俺はついてねえって思ってきたんだからさ」

「私だって、安吉さんに偉そうなことを言える立場ではないんです。菓子職人になりたいって、今はその道しか見えていないみたいなことを言ってますけれど、今まではあれになりたい、これになりたいって言い出しては、すぐにその道をあきらめてきたんですから」

照月堂の人々には決して口にできない話だと思いながら、安吉相手だと気軽に話してしまえるから不思議だった。それは、安吉がもう京へ行ってしまうから、というのではなく、安吉の本来持つ人柄によるものなのだと思う。気難しいところのある久兵衛と安吉がうまくいっていたのも、少し分かった気がした。

「へえ、なつめさんにもそんな時があったのか」

安吉はなつめの「あれになりたい、これになりたい」病を、ずいぶん昔の話だと誤解したらしい。ついこの前までそうだったということは告白しないでおく。

「でも、今度は本当だと思っています。菓子を作ることが私の道だと――。それを自分の道と決めた今、避けてきた自分の過去ともちゃんと向き合わなければいけないと思っているんです」

なつめの真剣な言葉に、安吉は何度もうなずき返した。

「俺も菓子職人への道が閉ざされかけて、心を入れ替えると決めた身だから、なつめさんの気持ちはよく分かる。俺は京でちゃんと修業をする。そんで、なつめさんの家のことも気にかけるようにするよ。何か分かったら、必ず知らせる」

「お願いします。もし耳に入ったことが、どんなにひどい事実であったとしても、包み隠したりしないで教えてもらいたいの。親戚たちが下手に隠そうとしていたからか、私、隠されるのはとても嫌なんです」

なつめの眼差しには、切実な色が混じっていた。

「分かった、約束するよ」

首からさげた藍色の巾着をぎゅっと握り締めて、安吉は答えた。

三

その翌日、辰五郎が柿を使った菓子作りに入れ込んでいるということを、なつめは久兵衛に報告した。

「たい焼きの成功は喜んでくださっていましたし、辰焼きを新しい店で売り出すことも考えておられるようでしたが、それ以上に、柿を使った新しい菓子を作るのだとおっしゃっていました」

その話を聞くなり、久兵衛はしばらくの間、無言のまま考え込んでいた。

ややあってから、

「まあ、辰焼きを売るも売らぬも、辰五郎が決めることだがな」

と、己に言い聞かせるように呟いたものの、難しい顔つきになっている。

「柿は干し柿、羊羹《ようかん》といったところがふつうだが、新しい菓子を作るとなると、たやすいことじゃねえ。渋抜きをした柿はそれ自体、砂糖に負けない甘味があるからな。菓子にした時、柿そのもののよさが出しにくいんだ」

「まあ、辰五郎さんもそのあたりを悩んでいるとおっしゃっていました」

「でも、辰五郎が店開きをした時、どんな菓子を出すか、見せてもらうしかねえかな」

「でも、辰五郎さんなら、きっと見事な菓子をお作りになると思います」

何といっても、辰焼きを考え出したのですもの——と、なつめは続けたが、久兵衛は無言のままであった。


それから、二日後の夕刻のこと。

辰五郎の家から帰って来た市兵衛が、

「安吉は今朝、無事に江戸を発ったそうだよ」

と、店を閉めた後、皆がそろった仕舞屋《しもたや》の居間で、皆に報告した。

「まあまあ、そうですか。あの安吉さんもようやく。今度は忘れ物なんてしてないでしょうねえ」

おまさが安心と心配の入り混じったような顔つきで言う。

「それについちゃ、辰五郎も心配だったみたいでね」

ちゃんと部屋の中を検《あらた》めたらしいと、市兵衛が苦笑いを浮かべながら言うのを聞いて、なつめとおまさは安堵《あんど》の息を吐《つ》いた。

「ちゃんと発ったってんなら、それでいい」

久兵衛は不愛想に呟いただけで、太助は何も言わなかった。が、二人とも安吉の消息を聞き、少し安心した様子に見える。

「そうそう、今日、店になつめさんを訪ねて来たお客さまがいらしたんですよ」

その席で、太助が思い出したように言い出した。

「どなたですか」

と、なつめが問うと、太助はちらと久兵衛に目をやってから、なつめに目を戻して口を開いた。

「それが、氷川屋のお嬢さんなんですよ」

太助は少し声を落として告げた。

「まあ、しのぶさんが……」

しのぶ自身はよい人だが、氷川屋の主人は一癖も二癖もありそうな人物である。

なつめは、しのぶとは親しくなれそうだと思うものの、そのことで照月堂に迷惑をかけることになってはいけないとも思っていた。

「なつめさんはどうしているかとお尋ねだったので、厨房にいると答えました。御用の向きなら伝えましょうと申し出たのですが、用はないとおっしゃって……。その後、たい焼きが出るのを待ってお買い求めになると、店先で召し上がってお帰りになりました」

たい焼きをおいしいと褒めていた以外には、特に何も言い残さなかったが、なつめに会いたそうだったと、太助は最後に付け加えた。

「……そうでしたか」

なつめの声にも残念そうな色が混じり込む。

「何か話でもあったんじゃないか。まあ、また訪ねてこられるかもしれねえから、その時に手が空いてたら会って差し上げればいい」

久兵衛は氷川屋のことをさして気にするふうもなく言った。

「はい。でも……」

なつめの方はまだ躊躇いが残っている。その様子を見ながら、太助がおもむろに切り出した。

「まあ、氷川屋さんとの付き合いには慎重を期した方がいいでしょうな。あのお嬢さんが悪い人とは思いませんが、もしかしたら、今日だってうちのたい焼きを探るよう、誰かに言われて買いに来たのかもしれない。あるいは、うちの店の者が顔を知らない手代や小僧なんかが、客として紛れ込んでいるかもしれません」

太助の言いぐさが、あたかも氷川屋を糾弾するかのように大袈裟《おおげさ》であることに苦笑しながら、久兵衛が再び口を開いた。

「別にそれはかまわねえだろう。菓子屋同士、互いの店の味や様子を探るのは悪いことじゃねえ」

「それは、そうですけれど……」

　太助が少しきまり悪そうな表情を浮かべて言う。

「何だったら、うちも氷川屋の様子を探ってみようじゃねえか。そうだな、なつめ。お前が氷川屋へ行って、適当に菓子を見繕《みつくろ》って買ってこい。お前だって顔を知られているだろうが、菓子を売ってくれねえことはあるまい。店の手代が四の五の言ったら、それこそお嬢さんに間に入ってもらえばいいじゃねえか。あのお嬢さんは話の分かるお人のようだからな」

　久兵衛は、しのぶとまた話をしたい自分の気持ちを察してくれたのだろうと、なつめは感じた。

「ですが、厨房でのお手伝いもありますし」

「まあ、七つ（午後四時）あたりになったら、一通りのことは終わる。今もその時刻には子守に戻ってもらってる時があるじゃねえか。うまくやりくりして、氷川屋へ行って菓子を買ってこい。それだって、修業のうちだ」

　久兵衛に続けて、おまさが口を開いた。

「なつめさんは氷川屋さんへ行って、お嬢さんに会って来てもいいかどうか気にしてるんでしょう。だったら――」

そこでいったん口を閉ざすと、おまさは市兵衛に目を向けてから続けた。

「お義父《とう》さんが占ってあげたらいかがですか。なつめさんは氷川屋のお嬢さんとお付き合いしても大丈夫なのか。そのことで、うちの店に悪いことが起きたりしないのかどうか」

「そうかね。なつめさんがそうしてほしいってんなら、私はかまわんが……」

市兵衛はのんびりした口ぶりで答えた。

「なつめさん、お義父さんに占っていただきなさいな。右に進むか左に進むか、迷った時こそ物を言うのが占いなんだから――」

おまさが熱心な口ぶりで言うのに対し、

「そうだな。それがいい」

と、久兵衛も賛成した。

「照月堂の商いに関わることじゃねえんだから、占ってやってもかまわねえだろう」

久兵衛の言葉に、市兵衛がゆっくりとうなずいた。

市兵衛はさまざまな数字から卦《け》を立てる梅花心易《ばいかしんえき》という占いをたしなんでいる。ただし、菓子の売り上げとか、商いの成功不成功など、金の関わる商いに関して、この占いを用いることはなかった。それをやり出したら、占いにとらわれてしまって、職人が思うような菓子作りができなくなる。また、占いによる吉凶は、すぐに表れる物事の結果だけを見るのではなく、長い時をかけて見ていくものでもあった。

だから、これより前、安吉を雇うことを決めた時、「災い転じて福となす」と占った市兵衛の結果が、現時点で「福」にまでは至っていないことを、とやかく言う者はここにはいない。

また、市兵衛の梅花心易で選ばれた競い合い判定人の植木職人健三が、照月堂の菓子を「負け」と判定したことについても、それ自体が照月堂にとって本当に悪いことだったかどうかはまだ分からないのだと、暗黙のうちに了解されている。

「それじゃあ」

と、なつめは市兵衛に向かって頭を下げた。

「大旦那さん、お願いします。氷川屋のしのぶさんと親しくしてもいいものかどうか、占ってください」

「ああ、いいとも」

市兵衛は大きくうなずき、座っていた体ごと、なつめの方に向き直った。

「それじゃあ、いくつか問いかけをするから、それに答えておくれ。まず、氷川屋のお嬢さんと初めて会った時の暦を覚えているかね」

「ええと、あれは安吉さんの黒文字を届けてくれた時だから、八月の……何日だったかしら」

なつめは首をかしげた。確か、安吉が朝、郁太郎に手伝ってもらいながら捜し物をしていた日の昼のことだ。

なつめがそれを言うと、その日ならはっきり分かると、おまさが顔をほころばせた。

「あの日は月見団子を売った翌日で、いつもより厨房へ入る時刻が遅かったのよ」

だから、安吉も失《う》せ物を捜す暇があったのだという。

「つまり、その日は八月十六日だったはずですよ」

おまさの言葉で、その日のことをなつめもはっきりと思い出した。

「その時、氷川屋のお嬢さんはうちの菓子を買ったのかね」

と、市兵衛は続けて尋ねた。

「はい。辰焼きを欲しいとおっしゃっていましたが、それは叶《かな》わず、確か、望月《もちづき》のうさぎと萩の餅を……」

なつめは記憶をよみがえらせて答えた。

「それはいくつずつだったか覚えているかい？」

「二つずつでした」

「ふむふむ。では、これが最後の問いかけだが、なつめさんがこれまで氷川屋のお嬢さんに会ったのは何回かね」

これははっきりと覚えている。黒文字を届けに来た時、父親の氷川屋と一緒に店へ来た時、そして、競い合いの当日の三回だ。

なつめが答えると、市兵衛は大きくうなずき、目を閉じた。

「……八……十六……二に三……」

市兵衛はぶつぶつ数字を呟いている。ややあってから、市兵衛はゆっくりと目を開けた。

「落月屋梁《らくげつおくりよう》の思い、転じて、累卵《るいらん》の危うき」

市兵衛の口から漏れた言葉に、なつめはふと表情を曇らせた。

「どうもよく分からねえが、落月屋梁の思いってのは、友情が篤いってことだろ」

と、久兵衛が言う。

「ああ。唐の詩人杜甫《とほ》が流罪になった友の李白《りはく》の身を案じていると、ある晩、彼の夢を見た。その後、屋根に落ちかかった月に李白の面影を見たってんで、お前の言う通り、友情の篤いことを言う言葉だ。つまり、なつめさんと氷川屋のお嬢さんは互いに互いを思いやっているということだな」

市兵衛の言葉に、おまさは顔をほころばせた。

「そうだったんですか。あたしはお義父さんのおっしゃることがさっぱり分かりませんでしたが、なつめさんの顔が浮かないので、よくない結果が出たのかと思っちまいました。でも、そうじゃなかったんですね」

「いや。累卵の危うき、ってのはいい結果じゃねえだろ」

おまさの言葉に続いて、久兵衛が再び言った。市兵衛がゆっくりとうなずき、なつめに目を向ける。

「ああ。なつめさんも分かってるようだが、『累卵の危うき』ってのは、積み重ねた卵がいつ崩れるか分からないくらい危ういっていう意味だ。つまり、二人が友情を結べば、そこには危うさが付きまとう。もちろん、だからといって、絶対に壊れると言っているわけじゃねえが……」

「それは、氷川屋とうちの店の因縁が関わるのか」

久兵衛が渋い顔つきになって尋ねると、市兵衛は首を横に振った。

「いや、二人が友情を結んでも、それぞれの店に害を及ぼすことはないし、友情が壊れることになっても、店とは関わりないんだ。ただ、危うさの原因までは、占いじゃ見えないんだが……」

「それじゃあ、どうすればいいのかも分かりませんねえ」

おまさが溜息を漏らしながら呟いた。

「そもそも、こういう結果が出た以上、危うさを避けることはできんだろう。それでも、二人は互いを大切に思い合っている。氷川屋のお嬢さんと親しくするかどうか、それを決めるのはなつめさんだよ」

市兵衛の眼差しが優しくなつめに注がれた。その眼差しに力を得た気はしたものの、なつめは今この場でどうすると決めることができなかった。

「ひとまず折を見て、氷川屋さんへ行ってまいります。旦那さんのお言いつけ通り、氷川屋さんのお菓子をいくつか買って、お持ちいたしますので」

なつめは久兵衛に目を向けて、返事をした。

「ああ、どんな菓子を選んで買うかも、お前の目利きが問われるところだ」

とだけ、久兵衛は言った。

しのぶとこれから先、親しく付き合えるかどうかは分からない。だが、まずはしのぶに会い、照月堂へ訪ねて来てくれた気持ちを聞いてみよう。

——お嬢さんはやめてください。私のことはしのぶと呼んでもらえれば……。

そう言ったしのぶの気取りのない素直さと、照月堂のためにいくつも示してくれた親切を思うと、なつめは胸が温かくなる。

しのぶと親しくなりたいという気持ちは、今も胸の中に存在していた。そして、占いの通り、一度結んだ友情が壊れることになったとしても、自分がしのぶの持つ優しさを忘れることはないだろう、とも思えるのだった。

四

その翌日、照月堂で七つ時に売るたい焼きの菓子作りが終わると、なつめは久兵衛の許しを得て、上野の氷川屋へ向かった。

（そう言えば、穴稲荷《あないなり》さんへも競い合いの前に行ったきり、ご無沙汰《ぶさた》してしまっている）

競い合いを控えた日、忍岡《しのぶがおか》神社で市兵衛に会った。そこで、市兵衛の菓子作りに対する気構えを聞いた。あの時は何とか競い合いの菓子作りがうまくいくようにと祈ったが、それが終わった報告もしていない。

（兄上のご無事もお祈りしたいし、安吉さんの旅の無事もお願いしなければ——）

足を止めていきたいところだったが、氷川屋へ着くのがあまり遅くなれば、しのぶに会うことが難しくなってしまうかもしれない。

なつめは忍岡神社へ寄るのは帰りとし、まずは氷川屋への道を急いだ。

上野の山から少し行ったところに、氷川屋はある。

暖簾《のれん》をくぐって中へ入ると、数人の客がおり、一段高い畳敷きの部分に置かれた蒸籠《せいろ》の脇の立て札を眺めたり、見本帖《みほんちょう》をめくったりしていた。それぞれに手代か小僧がついて、品物について客に説明をしている。

(こういう行き届いた応対は、大店の氷川屋さんだからこそできること)

改めてよく見ると、武家や裕福な商家の客が多いようである。

(やはり主菓子を中心に扱っているからなんだわ)

久兵衛が目指しているのはこういう店なのだろうか、と考えながら様子を見ていると、手代が一人近付いてきた。

「いらっしゃいませ。何をお求めでしょうか」

競い合いで氷川屋へ来た折、何人かの手代とは顔を合わせているが、少なくとも、このふっくらとした色白の丸顔に見覚えはない。相手の目の中にも、これという含みがないので、自分のことは知られていないと安心したなつめは、

「まだ決めていないので、お勧めの菓子など教えていただけますか。できれば、明日まではおいしく食べられるものがいいのですが」

と、尋ねた。

今日はこのまま大休庵へ帰ることになっているので、菓子を照月堂へ持って行くのは明日ということになる。

「それでしたら、見本帖を御覧になっていただきながら、ご説明いたしましょう」

丸顔の手代は、なつめを端に置かれた腰かけへと誘《いざな》った。そして、氷川屋見本帖と書かれた冊子を開くと、

「明日もおいしく、ということでしたら、鹿の子《かのこ》、羊羹などがお勧めです。それぞれ小豆仕立てと栗《くり》仕立てがございますが」

と、右に鹿の子、左に栗羊羹の描かれた箇所を示しながら言った。

「餅菓子はありませんか」

なつめが尋ねると、手代は冊子をさらにめくって説明を続けた。

「この季節の餅菓子といえば、やはり椿餅《つばきもち》でしょうか」

見本帖には、椿の葉で挟まれた白い餅が描かれていた。

「中にはこし餡が入っております。葉で包むというと桜餅が知られていますが、椿餅はずっと古く、『源氏物語』にも、お公家さんが蹴鞠《けまり》の後に召し上がったという記述などがあるそうでございまして」

手代の説明に、なつめは小さくあっと声を上げた。

そういえば――と、なつめは記憶をたぐり寄せた。『源氏物語』は折に触れて、了然尼

が語り聞かせてくれた。特に面白いと思った場面や、名文だからと了然尼が勧めてくれた場面は、自分でも実際に読んだことがある。そして、蹴鞠の後に菓子が供せられる場面は、自分で読んだ記憶があった。

（確か、「若菜上《わかなじょう》」の巻。若い公達《きんだち》たちが蹴鞠をして、柏木《かしわぎ》が女三宮《おんなさんのみや》の姿を見てしまう有名な場面――）

物語に登場する菓子は、水菓子が主体であったが、その中に「つばきもちひ」という言葉があった。

これまで気にかけたこともなかったが、椿餅とはそれのことだろう。

最中の月もそうだが、何百年も前から食べ継がれてきた菓子だと思うと、感慨深い。椿餅は明日には硬くなってしまいそうだから、今日、了然尼と一緒に食べる分を自分の持ち合わせで買っていくことにする。

なつめはたまの休みには、本郷や巣鴨《すがも》のあたりの菓子屋をめぐり、さまざまな菓子を食べ歩いていた。次は日本橋や浅草の方にも足を伸ばしてみたいと思っている。だが、給金だけで、いろいろな種類の菓子を少しでも多く食べるには、自分の分を一つずつ買うのが精いっぱいだった。

（でも、今日の椿餅だけは特別）

了然尼が柔らかな声で語ってくれる『源氏物語』の蘊蓄《うんちく》などを聞きながら、一緒に味わいたいと思う。

その後、なつめは手渡された見本帖をぱらぱらとめくった。すると、一番後ろにある饅頭の絵が気にかかった。薄黄色の表面に大きな罅割れの入った丸い菓子が描かれている。

「これは〈黄身しぐれ〉ではないのですか」

表面に入った罅で、時雨れた空の雲の切れ目を表現した〈黄身しぐれ〉は、世間でもよく知られた蒸し饅頭である。見本帖の絵はどう見てもそれなのだが、記された名前が違っていた。

「ああ、そちらは新作の菓子でございます」

丸顔の手代がどことなく得意げな様子で言い出した。

「〈柿しぐれ〉と申します。よくある〈黄身しぐれ〉は小豆のこし餡を黄身餡で包んでおりますが、これは柿餡を黄身餡でくるんでおります」

「柿を使っていらっしゃるのですか」

改めて見本帖をよく見ると、淡い黄色の表面に入った罅の中から見えている餡の色は、小豆のこし餡の色ではなく、橙色に描かれている。この新作菓子はぜひとも買っていこうとなつめは決めた。

「柿を使ったお品がお好みでございましたら、柿羊羹もございますが……」

手代はなつめから見本帖を受け取ると、柿羊羹の絵の描かれた部分を開いて見せてくれた。柿羊羹であれば、明日中に食べ切れなくとももつだろう。照月堂には柿しぐれと柿羊羹を買っていくことにする。

「それでは、椿餅を二つ、柿しぐれを七つ、柿羊羹をふた棹《さお》、それから、黄身しぐれも一つください」

黄身しぐれは柿しぐれと味を比べるため、自分の分だけを買うこととし、付け加えた。

手代はかしこまった様子で頭を下げ、

「ただ今、お包みしてまいります」

と、奥へ行こうとする。

「ちょっと待ってください」

なつめは急いで引き止めると、

「こちらのお嬢さんのしのぶさんは今、いらっしゃるでしょうか」

と、尋ねた。

「お嬢さんのご友人でしたか」

手代は勝手にそう解釈して、人のよさそうな笑顔を見せる。

「おそらく、いると思いますが……」

声をかけてまいりましょうか――と、手代は訊いた。

「ありがとうございます。では、なつめという者が来たとお伝えください」

照月堂の名を出すのは避け、なつめは応じた。手代はうなずくと、店の奥へと消えた。

しばらく腰かけに座ったまま待っていると、ややあってからしのぶが店先にやって来た。

白地に椿の花と葉をあしらった振袖姿のしのぶが現れると、店先にぱっと灯が点《とも》ったように明るくなる。

「しのぶさん」

なつめが立ち上がると、しのぶはすぐになつめを見つけて、笑顔を見せた。

そのままなつめに向かって歩き出したが、途中、神棚の前で足を止めて手を合わせた。

それから、近くにいた手代に何事かを告げた後、草履を履いて土間へ下りてくる。

「なつめさん、よく来てくださいました」

なつめの手を取って、しのぶは嬉しそうに挨拶した。

その後ろから、先ほどの手代が手にした包みを持って現れた。

なつめが菓子の包みを受け取って支払いを済ませるのを待つと、

「ちょっとそこまでお見送りしてきます」

と告げて、しのぶはなつめと一緒に出口の方へ向かう。そこへ、先ほど神棚の前でしのぶが言葉を交わしていた手代が現れ、しのぶに一本の木の枝を差し出した。

緑の葉の中に、小さな明るい黄色の実がついており、切られた枝の先端は紙で覆いをかけられている。その木の枝には見覚えがあった。

「それ、橘《たちばな》の実ですね」

なつめが声を上げると、しのぶは大きくうなずき返した。

「なつめさんに差し上げたいと思ったんです」

と言い、手代から受け取ったそれを、しのぶはなつめに差し出した。

「よいのですか。これは、お菓子の神さまに関わる非時香菓《ときじくのかくのこのみ》ですよね。氷川屋さんの神棚にお供えしてあったものでしょうに……」

なつめはすぐに手を出しかねて遠慮がちに言ったが、しのぶは「だからこそです」と強い口ぶりで言った。

「お菓子の神さまにまつわる木の実だからこそ、なつめさんに差し上げたいんです。だって――」

と、そこまで言いかけたしのぶは、思い直したように口を閉ざした。

なつめが菓子職人を目指しているから――と言おうとしたのだろうが、氷川屋の手代や小僧たちの前で口にするのをはばかったのかもしれない。

「行きましょう」

しのぶはなつめを促すようにして歩き出した。

なつめはしのぶから橘の枝を受け取り、それを胸に抱えるようにしながら後を追った。

「ありがとうございました。行ってらっしゃいませ、お嬢さん」

丸顔の手代に見送られ、二人は店を出る。

「ごめんなさい。中には、なつめさんのお顔を知る者もいるから」

と、なつめを家の中に上げられないことを、しのぶはすぐに詫《わ》びた。それから、

「裏通りを通って行きませんか」

と言い、なつめを店の裏手に当たる静かな通りの方へと案内した。

そこは厨房のある庭に面した通りで、競い合いの際、なつめが借りた厨房の建物も見える。

「しのぶさん、昨日、照月堂へ来てくださったんですってね」

歩きながらなつめは尋ねた。

「久しぶりになつめさんのお顔を見られたら、と思って。なつめさんにはお会いできなかったけれど、評判のたい焼きも食べられたし、お訪ねしてよかったです」

「たい焼きはいかがでしたか」

なつめが尋ねると、それまでどことなく硬かったしのぶの表情が一気に明るくなった。

「熱々でおいしかったです。お饅頭も出来立ては熱々だけれど、たい焼きは皮の部分のかりっ、さくっとした嚙《か》み応《ごた》えが他のお菓子とはまったく違っているの。つぶ餡とも合っていて、人気のあるお菓子だというのがよく分かりました」

「しのぶさんにおいしいと言っていただけて、嬉しいです」

なつめも笑顔になって言う。

「なつめさんは、たい焼きを作るお手伝いをしているのですか」

「いえ、まだ小豆を煮るところを手伝っているだけで。餡を作るのも焼き型で焼くのも旦那さんがお一人でやっていらっしゃるんですよ」

「照月堂の旦那さんは、本当に腕利きの職人さんだから……」

しのぶはそう呟くと、なつめからそっと目をそらした。

「あの、しのぶさん」

二人は氷川屋の庭へ入ることのできる枝折戸《しおりど》の前で、いつしか立ち止まっていた。

「しのぶさんは私に話したいことがあって、照月堂にいらしてくださったんじゃありませんか」

「どうして、そう思うのですか」

「私はしのぶさんとまた会いたいと思っていましたし、いろいろお話もして、もっと親しい仲になりたいと思っていましたから」

しのぶさんもそう思ってくれたなら嬉しいと思って……と続けて言うと、しのぶはなつめに目を戻した。その顔には、どこかはっとしたような驚きと困惑の色が浮かんでいる。

「私も、なつめさんともっと親しくなりたいと思っていました。女ながらに菓子職人を目指すなつめさんが、私にはまぶしくて……。私もお菓子は大好きですし、なつめさんの力になりたいとも思ったんです。私に何ができるか分からないですけれど。なつめさんがうちの店の職人になってくれたら、もっと仲良くなれるんじゃないかなって考えてしまうこともあって……」

しのぶは一人で懸命にしゃべっていたが、自分の言葉がなつめを困惑させたことに気づくと、

「あっ、でも、それは思っただけで、なつめさんが照月堂さんを離れるつもりのないことは、ちゃんと分かっていますから」

と、早口に言い添えた。

それから、しのぶはふと黙り込んだが、

「なつめさんはこれから、どの道を通ってお帰りになるんですか」

と、今度は落ち着いた声で尋ねた。

「上野のお山を通って行きますけれど……。あそこにある穴稲荷さんにお参りしていこうかと思って」

なつめが言うと、「あら」としのぶは明るい声になって呟いた。

「私もよくお参りするんです。穴稲荷さんは正式には忍岡神社っていうんですけど、私の名前、あの神社からつけられたものなんです」

「まあ、そうだったんですか」

なつめも明るい声を出して言う。

「よかったら、そこまでお見送りさせてください。私もお参りしたいですから」

しのぶが弾んだ声で申し出るのを聞き、なつめも心が浮き立った。

「はい。ぜひ」

二人で顔を見合わせ、思わずふふっと笑い声を漏らした時であった。

「お嬢さん……？」

枝折戸の中から、突然、男の声がした。

五

なつめは心の中だけで驚きの声を上げ、しのぶは声に出して、

（菊蔵さん――）

「菊蔵……」

と、その名を口にした。

菊蔵は厨房から出て来たようだが、手に何も持っていないところを見ると、ちょうど休憩をとるところだったのかもしれない。特に急いでいるふうでもなく、生け垣を挟んだ所から、二人に目を向けている。

「おたくは確か、照月堂の……」

菊蔵の目がいつの間にか、なつめに注がれていた。

「はい。照月堂で働いているなつめと申します。あの、競い合いの席では……」

なつめはにわかに緊張しながら答えた。

「ああ。覚えてる。照月堂の旦那さんを手伝ったんだよな。〈菊のきせ綿〉の菓銘もつけたっていう――」

菊蔵は競い合いの席で顔を合わせ、そこで久兵衛がなつめを紹介した際の内容もよく覚えていた。なつめは我知らず胸が熱くなった。

「今日はうちの菓子を買いに……？」

菊蔵はなつめが手に提げている紙包みを見て尋ねた。

「は、はい」

「何を買ったんだい」

「あの、椿餅と柿羊羹、それに、黄身しぐれと柿しぐれを――」

なつめが問われるままに答えると、整っているがゆえにどこか冷たく見える菊蔵の顔つきが急に変わった。

「へえ、柿しぐれを――」

と、口もとを緩めた表情は柔らかく、それまで遠くに感じられた彼が身近になったように思われる。そのことがなつめには、自分でも意外なほど嬉しかった。

「あの、柿しぐれが何か……？」

四種類の菓子の中で、柿しぐれにだけ反応したことを尋ねると、

「柿しぐれはつい最近、親方が考え出した新しい菓子なんだ。菓銘は旦那さんがつけてくださったんだが……」

と言ってから、菊蔵はしのぶに目を向けた。

「お嬢さんはご存じでしたか」

と、急に丁重な物言いになって尋ねる。

「いえ」

しのぶはどことなく硬い口調で答えた。

「旦那さんのもとへ、柿しぐれを最初にお持ちしたのは俺だったたんです。確か、その時、旦那さんのお部屋から出てこられたお嬢さんとすれ違ったんですが……。十日ほど前のことになるかと思いますけど、覚えていらっしゃいませんか」

「ああ、そう言えば……」

と、しのぶは思い出したように呟いた。

なつめを使って照月堂の様子を探れと言われ、悄然《しょうぜん》と部屋から出て来たところ、盆を手にした菊蔵とすれ違ったように思う。あの時は、父から言われたことで頭がいっぱいになっていたから、菊蔵がのせていた盆の上の菓子もよく見なかった。

「柿しぐれを作るのは俺も手伝ったんだ」

と、菊蔵は再びなつめに目を戻して、どことなく誇らしげな口ぶりで告げた。

「柿しぐれは黄身しぐれと違い、中に柿餡を使っていると聞いたので、どんな味わいか、とても楽しみです」

なつめは弾んだ口ぶりで告げた。

「あの、菓子の表面に罅を入れることも、菊蔵さん……はできるのですか」

なつめが思い切って尋ねると、菊蔵は切れ長の目を見開いて首を軽く横に振った。

「あれは、ただ裂け目を入れればいいってもんじゃねえ。中の餡が隙間からきれいに見えるような罅を入れられるようになるには、早い者でも五年の修業が必要なんだ。十年かかる職人だっている」

「そう……なんですか」

なつめは愚かなことを尋ねてしまったと、わずかにうつむいた。

「では、菊蔵は柿しぐれを作るのに、どんなお手伝いをしたと言うの？」

その時、しのぶが二人の間に割って入った。

「玉子の黄身を混ぜる白餡を作る手伝いをした程度ですけど……。黄身しぐれの中の餡に柿を使ったらどうかと、親方に申し出たのは、俺なんです」

菊蔵が少しむきになったような口ぶりで、しのぶに言う。

「その、菊蔵が申し出たっていう話、父さまはご存じなのかしら」

しのぶは菊蔵に目を向けて尋ねた。菊蔵はやや困惑ぎみの表情を浮かべた後、しのぶをまぶしそうな目で見つめながら口を開いた。

「特にお知らせしてはいません。菓子作りは厨房全体でするものですし……」

「でも、菊蔵が考え出して、それが店で売れる菓子になったのは、お手柄だわ。あの柿しぐれは今の季節にぴったりだし、とてもおいしかったもの。父さまが職人一人一人の実力を知っておくのは悪いことではないでしょうし、このことは私から父さまにお知らせしておきます」

しのぶがしっかりとした口調で言うのを、なつめは少し驚きながら聞いていた。

女同士でいる時は、どこまでも淑やかで、どこか控え目なしのぶだが、店の職人を前にするとやはり大店のお嬢さんらしさがにじみ出てくる。しのぶの言葉に対し、あえてそんなことを主人の耳に入れる必要はないとは、菊蔵は言わなかった。やはり、己の考案であることを、氷川屋の主人に知ってもらって評価されたいという気持ちがあるのだろう。

「また改めて柿しぐれを食べて、何か気づいたことがあったら、父さまに話しておくわ」

と、続けたしのぶに、

「いや、旦那さんじゃなくて、よければ俺に言ってください」

と、菊蔵は真剣な口ぶりで言った。その熱意に逆らいきれぬという様子で、

「……そう。なら、菊蔵に言うことにするわ」

しのぶはうなずいた。菊蔵はその真剣な眼差しを、そのままなつめに転じると、

「おたく……なつめさんも、何か気づいたことがあれば、知らせてくれ」

と、生真面目な口ぶりで告げた。

「……分かりました。私でよろしければ」

と、なつめはしっかりうなずき返す。

(菓子に対しては、いつでも真剣な人なんだわ)

菊蔵の才については、辰五郎からも聞いていたし、若いながら先の競い合いで親方の手伝いに選ばれたという話から、なつめも分かっていた。が、菊蔵はその才をさらに磨き、高みへ登ろうとしている。

話が一段落したような沈黙が落ちた。なつめはもう少し菊蔵と話していたくなって、つい、

「菊蔵さんは、照月堂にいらした辰五郎さんを覚えておいでですか」

と、続けて尋ねた。

辰五郎も柿の菓子を作ろうとしていることを、菊蔵に話してみたいと思ったのだ。

すると、菊蔵は訝《いぶか》しげな表情を浮かべつつ、

「……いや、どんな人だったかな」

と否定しながらも、どうして知っているのか――という眼差しでなつめを見た。

辰五郎が菊蔵に近付いたのは、氷川屋から照月堂へ引き抜こうという腹積もりからであった。が、菊蔵にしてみれば、そのことをしのぶに知られるのはまずいだろう。

菊蔵がとぼけたのはそのためだと気づいたなつめは、軽率だったと反省しながら、

「いえ、辰五郎さんは安吉さんの面倒をしばらく見ていたのですけれど……。先日、安吉さんが江戸を出たと聞いたのを、ちょっと思い出したので」

と、安吉のことに話をそらした。

「安吉が江戸を出た？　あいつ、いったいどこへ――？」

「京へ行ったと聞いておりますが」

「京だって――」

菊蔵の顔色が変わった。

「まさか、菓子の修業のためか」

安吉が氷川屋を出た後は、顔を合わせることもなかったのだろう。菓子の修業など、とっくにあきらめたと思っていたのかもしれない。

「さ、さあ。くわしいことまでは――」

なつめはそう言うに止《とど》めた。

だが、菊蔵の真剣な表情を見れば、安吉が京へ行ったことに心を大きく揺さぶられていることが分かる。菊蔵自身、京で修業したいのかもしれないと、なつめは思った。

「……そうか」

菊蔵はそう呟くと、「それじゃあ、これで失礼します」と言ってしのぶに頭を下げ、厨房の方へと戻って行った。

「私たちも行きましょうか」

しのぶから声をかけられるまで、その後ろ姿に見入っていたなつめは、それでやっと我に返った。

六

氷川屋から忍岡神社まではそれほど遠くないが、そこまでの間、二人はほとんど絶え間なくしゃべり続けていた。

「穴稲荷さんを守ってるお狐《きつね》さんの像が、私、子供の頃から大好きだったの」

というしのぶの言葉に、なつめは狐の石像をなつかしく思い浮かべた。

「ふふっと笑ってるようなお顔なんですよね。あの優しいお顔を見ると、私も何だか元気になります」

「昔、母さまに連れられてお参りに行った時、お店のお菓子を持ち出してよくお供えしたの。まだうちのお店が今ほど大きくない頃で、父さまもおおらかだったわ……」

そう言いながら、しのぶの横顔は少し寂しそうになる。父が変わってしまったことが悲しいのだろうと、なつめは氷川屋のことから話をそらした。

「そういえば、あそこのお狐さん、母狐の足もとに子狐がちょこんと座ってるんですよね。それが、かわいくって」

なつめが明るい声で言うと、しのぶも寂しさを消し去った表情で「ええ、そうなの」とすぐに応じた。

「母さまと一緒に、あのお狐さん母子を見るの、大好きだった。私の母さまはもう亡くなってしまったんだけれど」

しのぶは少し沈んだ声になったが、なつめに心配をかけまいとしてか、すぐにふだん通りの声に戻ると、

「私の名前、忍岡神社からつけてくれたのは、母さまだったんです」

と、続けた。

「それじゃあ、私と同じだわ。私のなつめっていう名前も、母がつけてくれたんです。家にあった棗の木にちなんでのことだったんですけれど……」

私の母も亡くなっているんです――と、なつめも打ち明けた。

「そうだったんですか」

しのぶは自分の母の死を告げた時より、悲しげな声になって呟くと、

「なつめさんと私、似ているところがあったのですね」

と、言った。

「お菓子が好きなところもそうですし」

「本当だわ」

なつめの言葉に、しのぶは深くうなずいて微笑んだ。

「私、実は二親とも亡くなっていて、今は親戚の尼さまのところにいるんです」

なつめは両親の死についてはくわしく語らなかったものの、今、了然尼と駒込の大休庵で暮らしていることについては打ち明けた。

「まあ、あの了然尼さまの――？」

しのぶは目を丸くして驚いた。了然尼の名や事績も聞いて知っているという。

「それじゃあ、なつめさんは了然尼さまのご親族なのですね。ならば、ご立派なお家の出でいらっしゃるのでは……？」

自分の家は公家に使える家士であったが、今はもう取り潰しになったのだと、なつめは

告げた。

「私の出自のことにはこだわらず、しのぶさんが親しく付き合ってくれたら、嬉しいんですけれど……」

なつめは再びしのぶへの気持ちを打ち明けた。

先ほど、しのぶもなつめと親しくなりたいと、確かに言った。だが、どういうわけか、なつめがこの手の話を持ちかけると、しのぶの様子はおかしくなる。さっきは早口に一人でしゃべり出したし、今度は無言になってしまった。

歩く速度も少し落ちたようだ。なつめはしのぶに合わせて、自分もゆっくり歩きながら、

「私ね、同じ年頃の人と、こうして連れ立って外を歩いたことってないんです。寺子屋へも通ったことがないし」

と、静かな声で打ち明けた。

「了然尼さまのもとへ歌や書を習いに来る女の人は、少なくなかったんですけれど、皆、私より年上でしたから」

娘や妹のようにかわいがってはもらえたが、友人にはなりようもない。

だから、しのぶのような同じ年頃の娘と知り合いになれたのは、よくよく考えてみれば、初めてのことなのだった。

「……ごめんなさい、なつめさん」

不意にしのぶは足を止め、うつむいたまま、苦しそうな声で言った。

「しのぶさん！　いったい何を謝っているんですか」

なつめも同時に足を止めると、驚いて問うた。

「私、逃げ出したんです！」

しのぶは涙混じりの声で訴えるように言った。

「昨日、私は迷っていたんです。なつめさんに会って、本当のことを言ってしまおうか。それとも、会うのをやめて逃げ帰ろうか。それで、結局、私は逃げる道の方を選んでしまったんです」

「逃げるって——？」

「私もなつめさんと親しくお付き合いがしたい。だから、本当のことを話します」

しのぶは顔を上げると、思い切った様子で言った。

「私、父さまから、なつめさんと親しくなって、照月堂のことを探れと言われたんです」

しのぶの真剣な眼差しがなつめをじっと見据えていた。

「えっ……」

なつめは小さな声を上げた。聞こえるか聞こえぬかのかすかなものであったが、しのぶは泣き出しそうな顔になる。

「父さまは照月堂さんを恐れているし、まだ照月堂さんが小さいうちに何とかしてしまいたいと考えているんだと思います」

「何とかって……？」

「前にも話しましたけど、父さまがよく採る方法は、その店の力のある職人さんを引き抜くというようなことです。でも、照月堂の旦那さんを引き抜くのは無理でしょうから、それなら照月堂さんが立ち直れないよう潰しにかかるんじゃないかと思うんです」

「そんな……」

「父さまは、照月堂さんがたい焼きで成功なさっているのが、不安なんだと思います。その作り方も知りたがっていましたから、なつめさんが職人さんを目指しているのを幸い、私を通して聞き出そうと考えているんです」

　どうすればいいのだろう。

　久兵衛はそうした氷川屋の画策をさほど気にしている様子ではなかったが、太助は心配しているようだった。そして、それは決して杞憂《きゆう》ではないようだ。

　返事に困って沈黙していると、胸に抱いていた橘の実がほのかに香った。しのぶがなつめのために用意してくれた大事な木の枝だ。

「なつめさん」

　しのぶがそれまでにない決然とした物言いで、なつめを呼んだ。

「私が氷川屋の娘であることは変わらないけれど、照月堂さんを困らせるような話を、父さまや店の人に私が話すことはありません。それだけは約束します」

　だから、私のことを嫌いにならないで――訴えかけるようなしのぶの眼差しに、なつめの心は大きく揺さぶられた。

「しのぶさん」

なつめもまた、しっかりとした口ぶりで、しのぶの名を呼んだ。

「穴稲荷さんへ急ぎましょう」

しのぶの名の由来にもなったという神さまの前で今の気持ちを伝えたい——口に出して言ったわけではないが、その思いがしのぶには伝わったようだった。しのぶは深々とうなずき返した。

上野の山はすぐそこだった。二人は急ぎ足で忍岡神社へと向かった。

何基も連なった赤い鳥居をくぐり抜けて、小ぢんまりとした社殿の前に出る。

狐の石像は優しい顔で二人を迎えてくれた。

二人は並んで社殿の前に立った。

「私は、しのぶさんのお父さまがどんなお考えを持っていたとしても、それはしのぶさんとは関わりないと思います。それに、私相手には言いにくいことまで打ち明けてくれたしのぶさんのお心を、とても尊いものだと思うんです。そんなしのぶさんのことを私は心から信じられるし、やっぱりしのぶさんと仲良くなりたい」

なつめはしのぶではなく、社殿の方へ目を向けたまま告げた。

「なつめさん……」

しのぶがなつめの横顔に目を当て、震える声で言う。

「私と仲良くしてくれるんですか」

なつめは体ごとしのぶに向き直った。

「私の方こそ、仲良くしてもらえたらどんなに嬉しいか」

橘の枝を持つなつめの左手の甲に、そっとしのぶの手が添えられた。

「ありがとう、なつめさん」

二人はそろって泣き笑いのような顔を浮かべていた。

これからも照月堂と氷川屋のいざこざは続きそうだし、それが二人の行く手に立ちふさがることもあるかもしれない。それでも、友情を結んだ二人の今の気持ちが変わらなければ、どんな困難も乗り越えられるのではないか。

二人は社殿に向かって手を合わせた後、狐の石像のところまで戻ってきて、母子狐の像の前に立った。

「私は七つくらいから寺子屋に通い始めたんだけれど、内気だったから、あまり仲のよい人ができなくて」

しのぶは子狐の像の頭を撫ぜながら、ぽつりと呟くように打ち明けた。

「母さまにここへ連れて来られた時、誰も私とは仲良くしてくれないんだって、泣きながら話したことがあるの。そしたら、母さまはこう言ったわ。本当に心の通じ合える人はいつか必ず現れるから、焦らなくたっていいのよって」

しのぶはそう言って、なつめににっこりと笑いかけた。

「母さまがなつめさんに引き合わせてくれたんじゃないかなって、今、思えるんです」

そのしのぶの言葉に、なつめは子狐を守るように座っている母狐の優しい姿に目を向けた。

「この穴稲荷さんはね。縁結びの神さまなんですって」

しのぶが大事なことを打ち明けるように、そっと小声で告げる。

「しのぶさんと私の縁を結んでくれたんですね」

なつめはしのぶに目を向けて微笑んだ。

よかったね——という誰かの声が聞こえてきたような気がした。

第三話　みかん餅

一

忍岡神社でしのぶと別れた後、なつめが大休庵へ戻った時には、日はすでに暮れていた。いつものように垣根に沿って進むと、道の端に駕籠《かご》が停まっている。大休庵に客人が来ているらしい。

戸口に達した時、なつめはその客人とばったり鉢合わせた。

「あ……」

相手の立てた小さな声が、なつめの耳に届いた。聞き慣れぬ女の声に顔を上げると、小柄な人影がある。

「これは、なつめさま。お帰りなせえまし」

女客の後を追いかけるようにして走り寄ってきた正吉が、提灯《ちょうちん》の灯を掲げてなつめに言った。

その火影《ほかげ》に女客の顔が浮かび上がる。

（おきれいな方）

と、まず思った。その後すぐに、寂しそうな女人だという印象がそれに重なる。

女客は三十代の半ばほどに見えた。装いや佇《たたず》まいは武家の奥方のものである。

（どことなく、母上に似ているような……）

ちょうど死に別れた時の母と同じくらいの年ごろゆえだろうか。あるいは、先ほどしのぶと亡き母の話をしたばかりだからだろうか。

「なつめ殿……と、言わはるんどすか」

女客の口から、小さな声が漏れた。了然尼と同じ京言葉を使う。

「はい。瀬尾なつめと申します。了然尼さまのお世話になっております」

なつめはそう言って挨拶し、頭を下げた。

「そうどしたか。あなたさまが瀬尾さまの……」

女客はなつめを見つめ返しながら、しみじみとした声で呟《つぶや》く。女客自身の持つ雰囲気そのままに、しんみりと寂しげに聞こえた。

口ぶりからすると、女客は瀬尾の家のことを知っているのかもしれない。

「お客さまはもしや、京で瀬尾の家の者と――？」

なつめの問いかけに、女客は少し目を伏せて語り出した。

「……確かに、わたくしは京に暮らしておりました。その頃、了然尼さまに歌を習っていたことがございまして……。この度、江戸へ参りましたさかい、ご挨拶に、と」

「瀬尾の家とは？」

「瀬尾さまは了然尼さまのご親戚筋ということで、奥方さまと少しばかりお付き合いがございました。あなたさまはあの奥方さま……千鶴《ちづる》さまのお嬢さまなのでございましょう？」

「はい。母は……千鶴と申しました」

この人は瀬尾の家のことを――母のことを知る人なのだ。

ずっと京で暮らしていたのなら、父母が亡くなり、兄が消えたあの当時、この人も京にいたのではないだろうか。と思った時、いつの間にか顔を上げていた女客の口が動いた。

「聡明でお美しかったお母上に、よう似ておられますなあ。それに……」

語尾の方は聞き取れなかった。ただ、なつめを見つめる女客の目はどことなく潤んでいるようにも見える。

母と親しく付き合っていた人なのだろうか。母の友人というには、やや若すぎるようにも思えるが……。

「お客さま」

正吉が提灯の灯を下げて、客の足もとを照らし出し、促すように声をかけた。

なつめは戸口の脇へ退いた。女客がなつめの傍らを通り過ぎる時、さわやかで甘い香りが立った。女客が身につけている香りだろうか、と思っていると、

「あら」

女客は戸口を出たところで再び足を止めた。

「それは、橘《たちばな》ですやろか」

女客の目がなつめの抱えた木の枝に寄せられている。

「はい。おっしゃる通りです。江戸では手に入りにくいのですが、たまたま知り合いの人から譲っていただいて――」

「……そうどすか」

女客は小さくうなずくと、ほんの少し沈黙した後、

「五月待《さつき》つ花たちばなの香《か》をかげば　昔の人の袖《そで》の香ぞする……」

と、慎ましい声で一首の歌を吟じた。

「今は花の季節やありまへんけど……」

女客はかすかに微笑《ほほえ》むと、

「わたくしは、すみ江と申します。では」

と、それまで名乗らなかった名を口にし、ゆっくりと歩き出した。

すみ江の後ろ姿が提灯の灯にぼうっと浮かび上がり、その小袖に染め出された赤い実と緑葉の文様がなつめの目に入った。縁起がよいとされる千両か万両の実であろうか。他にも百両や十両と呼ばれるものもあって、はっきりとは区別がつかない。

（でも、確か、百両は唐橘《からたちばな》、十両は山橘とも呼ばれていたはず）

すみ江は橘の木が好きなのだろうか。

今の歌と小袖の文様から、ふとなつめはそんなことを思った。

「すみ江さま」

大休庵にはまたお越しになられますか――気がつけば、なつめはすみ江の後ろ姿に声をかけていた。

母を知るこの人にもう一度会って、ゆっくり話を聞いてみたい。どうしてもそう思う気持ちが止められなかった。

すみ江は立ち止まり、振り返ると、

「今しばらくは、江戸におりますさかい、機会があれば……」

と、答えた。ずっと江戸で暮らしていくつもりではないのかもしれない。

「ならば、また近いうちにいらしてくださいませ」

と、なつめは言った。続けて、今自分が菓子舗で働いていることを告げ、

「すみ江さまはどんなお菓子がお好きでございますか」

と、尋ねた。

すみ江は少し考えた末、

「ほな、最中《もなか》の月を食べとうおます」

と、静かな声で答えた。

なつめははっと息を呑《の》んだ。

「すみ江さまのおっしゃる菓子は、餅菓子のことでございますか。それとも、煎餅《せんべい》の方でしょうか――?」

「煎餅の最中の月なんぞ、あるのでございますか」

すみ江は小首をかしげて問い返した。

「はい、江戸にはそういうものがございます。けれども、すみ江さまには京で馴染《なじ》みの最中の月をご用意したく存じますので、次にお見えになる時は了然尼さまにお知らせくださいませ」

久兵衛に京からの客なのだと言って頼めば、細工を施さない〈最中の月〉を用意してくれるだろう。あるいは、〈望月《もちづき》のうさぎ〉を出しても、すみ江は喜んでくれそうな気がする。

「……ほな、そういたしましょう」

すみ江は微笑と共にうなずくと、それを最後に、再び歩き出した。

なつめは頭を下げて見送った。すみ江が駕籠に乗り込み、駕籠かきたちが走り出すのを見届けてから、正吉と一緒に庵《いおり》へ入る。

了然尼の部屋へ挨拶に行くと、そこにはまだすみ江の残り香が漂っているような心地がした。

「今、戸口のところで、すみ江さまとお会いしました。昔、京にいらした頃、了然尼さまにお歌を習っていた、と」

了然尼はやや驚いた表情を浮かべた。

「そないなこと、なつめはんに話しておられましたか」

「はい。亡くなった母上のこともご存じだ、と」

「まあ、それはその通りやろけど……」

了然尼の返事は歯切れが悪い。なつめが何となく不審の念を持ったそばから、

「他には、何ぞ、申しておられましたか」

と、了然尼は続けて尋ねた。

「いえ、特に何も――。でも、お菓子をご用意するのでまたいらしてくださいと申し上げましたら、そうするとおっしゃってくださいました」

「そう……どすか。あの方がまたここへ参る、と――」

その物言いは嬉《うれ》しそうには聞こえなかった。といって、迷惑がっているというふうでもないのだが、ふだんの了然尼からすると、いささか不自然な反応にも見える。

「何か気がかりなことでもおありですか」

なつめは少し心配になって尋ねた。了然尼はそんななつめの様子に気づくと、

「いいえ」

と、表情を和らげて答えた。

「……なつめはんに会って、瀬尾のお家の方々が懐かしくなったのかもしれまへんなあ」

次の一言は独り言のように呟かれた。

「そう言えば、今日、氷川屋のお嬢さんから、これをいただいたのですけれど――」

なつめは思い出して、座った際、傍らに置いていた橘の枝を差し出しながら報告した。

「それは、橘の実どすな。非時香菓《ときじくのかくのこのみ》とも呼ばれる……」

「はい。すみ江さまはすぐに橘であることに気づかれたのですが、その後、お歌を呟いておられました」

と、なつめはその歌を了然尼の前で口ずさんだ。


五月待つ花たちばなの香をかげば　昔の人の袖の香ぞする

五月を待って咲く橘の花の香をかぐと、この香りを衣にたきしめていた昔の恋人と同じ香りがする――。

先ほどは歌の内容にまで思いを馳《は》せる余裕がなかったが、『伊勢物語』にも出てくるこの歌はなつめ自身も前から知っていた。

過去の恋を詠《よ》んだもので、橘といえばこの歌が思い浮かぶくらい有名なものである。

だが、今のなつめには、橘といえばお菓子の神さま――という結びつきの方が強くなっていて、すぐには思い浮かばなかった。

（すみ江さまは奥ゆかしい方だ……）

と、なつめは思った。

橘の花は懐かしい昔の人の香りという、香りにまつわる歌も、何となくすみ江に似つかわしく思える。

「そういえば、すみ江さまもさわやかで心惹《ひ》かれる香りをまとっておられました」

なつめは思い出したように呟いた。

「お香をたいていたのかもしれまへんなあ。あるいは、匂い袋を持ってはったのかもしれまへんが……」

そう応じた了然尼は、「そうそう」と呟いて続けた。

「匂い袋のことを『誰《た》が袖《そで》』ということを、なつめはんは知ってはりますか」

「いえ」

「『誰が袖』という言葉を詠み込んだ歌もありますけれど、袖と香りを詠んだ歌で最もよく知られてるのが、この歌ですやろな。せやさかい、『誰が袖』の名付け親と言うてもええ歌なのや」

「匂い袋の名付け親……」

そう呟きながら、色鮮やかな錦の布地で作られた匂い袋を頭に思い描いたなつめは、それもまた、すみ江の淑《しと》やかな佇まいに似つかわしいものだと思いを馳せた。

（次にいらしてくださる時には――）

最中の月を用意して、味わっていただくのだ。

すみ江のどことなく寂しげな美しい顔にも仕合せの笑みが浮かぶのではないか。その笑顔を目にした時、自分もまた嬉しい気持ちになるのではないだろうか。

「そういえば、今日は氷川屋さんへ行って、椿餅《つばきもち》を買ってまいりました。夕餉《ゆうげ》の後、ご一緒にいただこうと思いまして」

なつめは話を変えて告げた。

了然尼の顔にほのぼのした笑みが浮かぶ。

「そうどすか。もう椿餅の季節なんやなあ」

「はい。外はもうずいぶん冷え込んでまいりました」

なつめも了然尼の笑みにつられたように、微笑を浮かべながら答えていた。

二

翌日、なつめは氷川屋で買った柿羊羹《かきようかん》と柿しぐれを持って、照月堂へ向かった。

「柿しぐれは氷川屋さんの新作だそうです。柿は辰五郎さんが使おうとしていた食材ですし、扱い方が難しいと旦那さんがおっしゃっていたのも気にかかって、柿づくしになってしまいましたが」

と告げると、久兵衛もにわかに興味をそそられたようであった。

「ふむ。罅《ひび》の入り具合もいい。さすがは、氷川屋の親方だな。そんで、裂け目から見えている橙《だいだい》色の餡《あん》に柿を使っているというわけか」

柿の色を際立たせるため、表面の黄身餡は色を抑え気味にしているようだと、さらに久兵衛は細かな観察を続けて言う。

なつめは厨房《ちゅうぼう》の仕度をするべく、立ち上がった。

前日のうちに、つぶ餡、こし餡それぞれに使う小豆《あずき》を選別しているが、今朝もう一度確かめる。虫食い、変色のものが取り除かれているか、つぶ餡に使う大納言は皮に傷がついていないか、粒の大きさがそろっているか、などの確認である。

また、たい焼きに使う玉子は、朝のうちにおまさが買って、仕舞屋《しもたや》の台所に用意しておいてくれるので、それを厨房へ運んでおかねばならない。

そうした作業に取りかかろうとしたところ、この日は久兵衛から「待て」と声をかけられた。

「今朝は、厨房へ入る前に、ちょっと頼みてえことがある」

「何でしょうか」

「郁太郎と亀次郎を、おまさの実家に連れて行ってほしいんだ。同じ駒込だからさほど遠くねえし、二人とも歩いて行けるはずだ。場所はおまさに訊いてくれ」

なつめが厨房に入っている間、子供たちの面倒はおまさが見ていることが多かったが、まさか、おまさの具合がまた悪くなったのだろうか。顔色を変えたなつめの様子に、久兵衛はそうではないと先んじて言った。

「あっちの家で、しばらくぶりに孫の顔を見たいと言ってきただけだ。まあ、こっちの人手が足りねえことを見越してのことかもしれねえが、おまさの二親も隠居の身で暇を持て余しているらしいから、孫の面倒くらいなら見るというんだろう」

久兵衛の口ぶりがのんびりしていたので、なつめはほっと安心した。

それから、奥の台所にいるおまさのもとへ行くと、

「朝の忙しい時に、すまないわね、なつめさん」

おまさは恐縮した様子で言う。

「いえ、旦那さんがそうするようにおっしゃるということは、厨房の方は大丈夫だということですから」

郁太郎と亀次郎はすでに出かける仕度を調《ととの》えて、おまさの傍らにいた。

「場所はここに書いておいたから」

おまさはそう言って、簡単な地図を見せ、なつめに説明した。おまさの実家は金物屋だそうで、

「金物屋のおじいちゃんとおばあちゃんに会える！」

と、亀次郎ははしゃいでいた。郁太郎はふだん通り落ち着いている。そんな郁太郎に、

「気をつけて行ってくるんだよ」

と、おまさは声をかけていた。

「うん、大丈夫だよ、おっ母さん」

しっかりと返事をする郁太郎の様子も、いつもと同じである。

「それじゃあ、なつめさん。……お願いしますね」

おまさはなつめの方に向き直ると、いつになく気がかりそうな色を目に浮かべながら言った。

自分の親もとへ子供たちを行かせるのに、何をそんなに気にしているのだろう。もしや元気そうに見せてはいるが、あまり具合がよくないのだろうか。

「はい。ご心配なく」

なつめはおまさを安心させるべく、しっかりと返事をし、子供たちを連れて外へ出た。

子供たちは家の中から出た途端、身を震わせている。

「寒い、寒い」

と言って、亀次郎が手を袖の中へ入れようとするので、歩く時に危ないからと注意して、なつめは亀次郎と手をつないだ。もう片方の手を郁太郎とつなぐように言い、亀次郎を真ん中に三人で歩いて行く。

亀次郎が歩き疲れたと言い出すこともないうちに、おまさの実家に到着した。金物屋の店先では、手代《てだい》やら小僧やらが忙しく動き回っていて、照月堂の二倍はありそうな大きな店である。

裏口へ回った方がよいだろうかと思っているうち、二十歳《はたち》前くらいの奉公人がなつめたちを見つけ、

「お待ちしておりました」

と、声をかけてきてくれた。

「照月堂の者です。坊ちゃんたちをお連れするよう、おかみさんに申しつかりまして」

なつめが挨拶すると、話は聞いていると言って、その奉公人は三人を店の戸口から中へ入れてくれた。

おまさの実家の金物屋は店から奥の住まいになっている建物まで、廊下伝いに行ける構造だった。店と住まいの間には中庭があり、そこも廊下でつながれている。

「あらあら、亀次郎。よう来たわねえ。……郁太郎さんも」

足音を聞きつけ、部屋から出てきたらしい初老の女に、廊下で迎えられた。声がおまさに似ていて、すぐにその母であると分かる。

「照月堂でお二人のお世話をしているなつめと申します。今日はおかみさんに頼まれて、お二人をお連れしました」

なつめが挨拶すると、

「あたしはおまさの母で、春《はる》といいます」

と、子供たちの祖母お春も名乗った。お願いしますと頭を下げながら、なつめは違和感を覚えていた。

お春は亀次郎には笑顔を向け、名前も呼び捨てなのに、郁太郎にはそうではない。といって、決して疎《うと》ましい目を向けるというのではなく、遠慮がちなように見えるのだ。

そういえば、郁太郎の表情もどことなく暗い。声をかけようとしたその時、

「ああ、来たか。早く入ってきなさい」

お春が出てきた部屋の奥から、男の声が聞こえてきた。

「おじいちゃんだ！」

亀次郎は相変わらずの屈託なさで、お春の脇をするりと通り抜け、部屋の中へ駆け込んでゆく。

「おお、亀次郎。よう来たな」

なつめと郁太郎もお春に促され、続けて部屋へ入ったが、亀次郎はすでに祖父の膝の上にのっていた。

「おじいさん、今日はお世話になります」

郁太郎は祖父の前にきちんと正座すると、しっかり頭を下げて挨拶した。

「ああ。郁太郎もよう来た」

祖父の方は郁太郎と呼び捨てにしてはいるものの、やはりどこかぎこちない。郁太郎に向けられる眼差《まなざ》しも、亀次郎に向けられるような、かわいくてたまらぬという感じではないのである。

なつめが郁太郎に続いて挨拶すると、おまさの父も松五郎《まつごろう》と名乗って挨拶を返した。

「それでは、私はこれで」

なつめは辞去する旨を告げ、郁太郎と亀次郎に向かって、

「おじいさま、おばあさまにご心配をおかけしないようにしてくださいね」

と、最後に声をかけた。二人はそれぞれ、「うん」とうなずき返す。

なつめは先ほどからの気がかりを引きずったまま、郁太郎に目を向けた。が、なつめが言葉をかけるより早く、

「大丈夫だよ、なつめお姉さん。亀次郎のこともおいらがちゃんと見ているから」

と、郁太郎はいつものようにしっかりとした口ぶりで言った。

「……では、失礼いたします」

それ以上は何も言えず、なつめは子供たちを残したまま、部屋を後にした。

お春が廊下まで見送りに出てくれたが、その時、

「おまさから、郁太郎さんのこと、何も聞いていませんか」

と、なつめに尋ねてきた。

「いえ、特には何も――」

何かあるのなら聞きたいと思ったが、なつめが何か言う前に、お春は首を横に振った。

「それならいいんです。いずれおまさが自分で話すでしょうから」

二人のことはしっかり面倒を見るから安心してほしいと言って、お春は話を切り上げた。

(戻ったら、おかみさんにお尋ねしてみたいけれど……)

使用人の立場ではそれはできない。それに、事前に話してくれなかったのは、言いにくい内容だからなのだろう。

市兵衛と久兵衛夫婦、二人の男の子たち――仕合せな一家とばかり見えていた照月堂に

も、複雑な事情があるのだろうか。そう思うと、なつめは胸がざわざわと落ち着かぬ気分になった。

照月堂へ戻ると、なつめはおまさに無事送り届けたと報告だけして、すぐに厨房へ入った。

すでに白いんげんは煮上がっていて、久兵衛は白餡作りに取りかかっていた。今、竈《かまど》の火にかけられているのは、大鍋に入った小豆で、

「後はお前が見ろ」

と、久兵衛から命じられた。

煮た小豆から餡を作る工程はまださせてもらっていないが、小豆を煮るまでの手順はしっかり覚えている。

小豆のつぶ餡とこし餡作りは、久兵衛の作業を見させてもらい、夜や休みの日には大休庵で練習もしていた。

いずれも力の要《い》る作業で、つぶ餡は豆の形をいい具合に残すのが容易でなく、こし餡は砂糖を加えた後、照りが出るように、またぼろぼろにならないように、火を入れながらかき混ぜるのが難しい。

その作業にはまだ自信が持てなかったが、大休庵で餡作りをするのは楽しかった。

出来上がった餡をどう食べるのかは、毎回頭を使うところで、正吉が搗《つ》いてくれた餅と

一緒に食べたり、お汁粉にして食べたりした。甘いばかりでは飽きてしまうので、塩入りの餡にして食べることもある。

値が張るので今は使えないが、いずれは丹波大納言でつぶ餡を作ってみたいと、なつめは思っていた。

この日はまずつぶ餡用の大納言を煮て、それから、たい焼きで使う中納言を煮る。その合間に洗い物もしなければならず、餡作りが一段落するまでは久兵衛と言葉を交わす暇もなかった。

やっと一息つくことができたのは、昼も間近になった頃である。

「一休みして、例の氷川屋の新作を味見してみようじゃねえか」

と、久兵衛が言い出した。

柿羊羹は皆がそろった時に一緒に食べることにして、おまさに預けてあるが、柿しぐれの方は二つだけ厨房へ持って来てあるという。

氷川屋新作の柿しぐれは、静かな厨房でじっくり試してみたいのだろう。久兵衛の真剣な表情を見ながら、なつめはそう思った。

(あの菊蔵さんが、柿を餡として使うことを考え出したという菓子——)

気づいたことがあれば教えてほしいとも言われている。

なつめは二人分の茶を淹《い》れ、柿しぐれを一つずつ皿にのせた。

昨夜、椿餅を了然尼と一緒に食べ、その後、少し時を置いてから黄身しぐれを味見した。

黄身餡の部分は口の中に入れると、ほろほろと崩れ、舌の上で溶けていく。夕餉と椿餅を食べた後のことだったが、軽やかな味わいだったので、胃に重く感じられることもなかった。中のこし餡が少し甘ったるい気がしたが、甘みを押さえた黄身餡と一緒に食べれば、おいしく感じられた。

これから食べる柿しぐれは、昨日のこし餡とどう違うか、なつめはわくわくしながら菓子を見つめた。

橙色の柿餡が黄身餡の罅の隙間から、ほのかに見える。

時雨《しぐ》れた空から射してくる夕方の光のようで、見た目も黄身しぐれより美しい。

黒文字《くろもじ》で切った一欠片《ひとかけら》を口の中に入れると、黄身餡の部分がぼろっと崩れた。一日経《た》ってしまったためか、昨夜食べた時よりも乾いてしまっているのが残念である。

しかし、その後、舌の上に柿の風味が広がってきた。

（餡がとろけて、柿の風味が広がっていく――）

とても甘いのだが、しつこいと思うようなところはなかった。

競い合いの時に食べた〈菊花《きくか》の宴《うたげ》〉は甘味が過ぎる感じがしたが、この〈柿しぐれ〉はそれ以上に甘いのに、自然な感じがする。

（干し柿の自然な甘さが生かされているからだわ）

干し柿に何を加えて餡にしているのか。白餡を混ぜているのだろうとは思うが、それにしては色が薄れていないし、柿の甘味は濃いままである。

そのことを口にすると、久兵衛は「ああ」と声に出してうなずいた。

「白餡を柿に混ぜて固めているんだろう。それを柿と似た色に色付けしてるんだろうな。何の豆を使っているか分からんが、豆と混ぜりゃ柿の風味は落ちる。それが落ちてねえってことは、氷川屋も相当工夫したようだ」

あそこの親方も精進してるな――と、久兵衛は唸《うな》るような声で呟いた。

「競い合いの時は、あざとさが見えるっていうか、己の技を主張しすぎるようなところがあったが、これはそういうところが抑えられて、上品で奥ゆかしい菓子になってる」

なつめは、柿の餡を使うことを親方に進言したという菊蔵のことを思い出した。

「辰五郎もこれに負けねえ柿の菓子を作ってくれりゃいいがな」

久兵衛が独り言のように言った。

この柿しぐれは見るからに茶席で使う主菓子《おもがし》として作られているから、辰五郎の菓子とは目指す方向が違う。

だから、一概に比べられることではないが、なつめとしても、やはり柿しぐれに負けない菓子を作ってほしいという思いがあった。それで、

「辰五郎さんにも、この氷川屋さんの柿しぐれをお届けしましょうか。何か、手がかりになるかもしれませんし」

と、なつめは言ったのだが、それを聞いた久兵衛は渋い顔つきになった。

「やめておけ」

と、即座に言う。

「新しい菓子作りで悩んでいるところへ、同じ食材を使った菓子など口に入れない方がいい。ここは、あいつ自身で悩み抜くべきだろう」

確かに久兵衛の言う通りかもしれない。辰五郎が新しい菓子を作り終えた後、柿しぐれのことを話してみることにしよう。

そして、辰五郎の菓子ができたら、それを菊蔵と食べてみたい。

一緒に菓子を味わいながら、菊蔵とあれこれ意見を交わすことができたら——そう思うと、なつめの心は我知らず弾んでくる。大きく深呼吸すると、口に残った柿の風味が少し切なく感じられた。

三

その日、暮れ六つ（午後六時）の少し前に、郁太郎と亀次郎は金物屋の手代に連れられて、照月堂へ帰ってきた。

はしゃぎすぎて疲れた亀次郎は、手代に背負ってもらってそのまま眠ってしまったという。

だが、家に帰り着くなり目を覚ますと、亀次郎はにこにこしながら、

「金物屋のおじいちゃんがくれた」

と、お土産の袋の中から、得意げに橙色の丸い果物を取り出してみせた。

「みつかんとか、みかんとか、言うんですって。蜜のように甘い柑子《こうじ》の実の仲間なんだそうです」

と、郁太郎が説明を添えてくれる。

「へえ、これが蜜柑」

その名を聞いたことはあったが、なつめは実物を見たことがなかった。

蜜のように甘い、というその味も気にかかる。

蜜柑は全部で五つあった。

おまさはそれを、市兵衛と久兵衛、太助、なつめに一つずつ分けた。そして、残る一つを母子三人で分けると言う。

「私が丸ごと一ついただくわけにはいきません」

なつめは恐縮して断ったが、

「いろいろな味を見るのも修業でしょう？　果物は菓子の大本《おおもと》なんだから――」

と、おまさは言い張った。

「そうですよね、お前さん」

おまさから話を向けられた久兵衛は、「うむ」とうなずき、

「まあ、菓子の食材になるかもしれん。今すぐに作れなくても、こうしたらいいという案が浮かぶかもしれねえし、丸ごと食っておけ」

と、なつめに目を向けて言った。

「旦那さんも、そうおっしゃってくださるなら――」

ありがとうございます――と続けて、なつめが蜜柑に手を伸ばそうとした時、

「おいらも丸ごと欲しい」

亀次郎が言い出した。

「亀次郎はあちらのお家《うち》で、いただいたじゃないか」

郁太郎が言っても、亀次郎は納得せず、丸ごと一つは食べていないと言い張っている。

「欲張るのはいけないことですよ」

おまさが厳しい顔つきで言うと、亀次郎はいよいよぐずり出した。

「亀次郎坊ちゃん、私と半分こしましょう。半分こは仲良しの印ですから」

なつめはすばやく亀次郎の前に、蜜柑を一つ差し出して言った。

亀次郎は今にも涙をこぼしそうになっていたが、仲良しの印と聞いて心を動かされたのか、泣き出しはしなかった。

「おかみさんと郁太郎坊ちゃんは、そちらの一つを仲良く半分こしてくださいね」

なつめは笑顔でおまさに言い、亀次郎の目の前で蜜柑をむき始めた。表面の皮は柔らかくて薄く、するするとむけてゆく。

「まあ、こんなに皮が柔らかいなんて」

なつめが驚きながら呟くと、

「中についてる皮も柔らかくて、そのまま食べられるんだよ」

と、亀次郎が得意げに教えてくれた。

皮をむき終えた蜜柑を、真ん中で二つに割ってから、亀次郎の手にのせてやる。亀次郎が機嫌よく蜜柑を口に運ぶのを見届けてから、なつめも自分の分の実を取って、一つ口に入れた。

内側の皮を噛《か》み切った瞬間、甘酸っぱい汁がじゅわっと口の中に広がる。酸っぱさも確かにあるのだが、

「なんて甘いんでしょう」

と、なつめが目を見開いて言うと、亀次郎が嬉しそうに笑った。

郁太郎もおまさにむいてもらった蜜柑を、口に入れている。

柿の甘さとはまったく別の、酸味の混じった甘さが鼻の先までつんと広がる。

「これはこれで見事な味わいですから、菓子にするとなると、難しいでしょうなあ」

と、太助が呟くように言った。

「確かに、この甘酸っぱさを殺さぬよう、使うのはたやすくねえだろうが、皮をむく時に立ち上る香りはうまく使えるかもしれねえな」

久兵衛が思案するような顔つきで言う。

「この蜜柑、紀州のあたりで作られるようになったものらしいですが、江戸までの運び賃が相当かかると聞いたことがあります」

太助がさらに言った。使い勝手の問題だけでなく、費用の面でも難しいということだろう。

（でも、いつか、私もいい案を思いつけるようになりたい）

この味をきちんと覚えておこうと思う。

なつめは最後に残った袋の一房を静かに口に入れて、目を閉ざした。

蜜柑を食べ終わると、おまさは郁太郎と亀次郎の二人にそのまま二階へ上がるよう告げた。

一家の夕餉はこれからだったが、二人はおまさの実家で早い夕餉を食べてきたという。

なつめも蜜柑を食べ終えたのを機に、帰り支度を調えていた。

最初に亀次郎が部屋を出て行き、郁太郎がそれに続く。その後、おまさとなつめが部屋を出たのだが、

「ちょっと」

と、おまさは先を行く郁太郎を引き留めた。階段下のやや暗い場所である。

階段を通り過ぎ、少し離れた場所で足を止めたなつめの耳に、

「これ、お前が食べなさい」

ささやくようなおまさの声が聞こえてきた。

のぞき見しようという気もなかったが、何となく気になって振り返ると、おまさがすば

やく郁太郎に何かを差し出している。おまさは自分の分を食べていなかったらしい。

「おいらはもう、自分の分を食べたよ」

郁太郎が返事をする小さな声も聞こえてきた。

「これもお前の分よ。今日も、亀次郎の面倒をよく見てくれたんだから」

「でも……」

「亀次郎のことは気にしないでいいの。あの子はお腹がいっぱいでも、めずらしいものがあるとすぐに何でも欲しがるんだから」

おまさはそう言うと、さっと郁太郎のそばを離れ、なつめのいる場所とは反対側へ歩き出した。

おまさを見送った後、郁太郎は体の向きを変えた。なつめと目が合い、見られていたことに気づくと、郁太郎は手にした蜜柑を隠そうとはせず、照れくさそうに微笑んだ。

「おっ母さんはいけないよね。仲良く半分こがよかったのに……さ」

と、半分の蜜柑に目を落としながら呟く。

なつめはうまく言葉を返せなかった。

これまでは特に感じたこともなかったのだが、今日のおまさの一連の態度や、おまさの実家の二親が郁太郎に向ける態度の不自然さは隠しようもなかった。

（ひょっとして――）

と、なつめが思った時、

「亀次郎が知っちゃったら、傷つくのに……」

郁太郎がぽつりと呟いた。半分の蜜柑は郁太郎の手の中で、行き場を失《な》くしたような不安定さで収まっていた。

「郁太郎坊ちゃんは大丈夫なんですか」

何と言っていいか分からなかったが、なつめの口は勝手に動いた。

「なつめお姉さん、今朝も心配していたよね。おいらは大丈夫に決まってるのに」

なつめを見上げる郁太郎の表情は屈託のないものであった。だが、悲しそうな表情も寂しそうな表情も見せない郁太郎は、なつめの目には痛々しく見える。

「なつめお姉さんは気づいたんでしょ。おいらと……おっ母さんのこと」

「……今朝から、そうかもしれないとは思っていましたが……」

あいまいな言い方しかできないなつめを前に、郁太郎はさらに続けた。

「おいら、前のおっ母さんのこと、ほとんど覚えてないんだけど、今のおっ母さんと初めて会った時のことは何となく覚えてて……。それで、分かっちゃったんだ。その後、おじいちゃんにも聞いたんだけど……」

「……そう」

としか、なつめは言えなかった。

「でもね、それを聞いた時、おいら、悲しくなかったんです」

「郁太郎坊ちゃん、無理なんてしなくても」

なつめが言うと、郁太郎は首を横に振った。

「無理なんかじゃないよ。おいら、よかったって思ったんだ。亀次郎じゃなくてよかったって。いなくなっちゃったのが、亀次郎のおっ母さんじゃなくてよかった。だって、亀次郎には寂しい思いをさせたくないもの」

郁太郎の声はふだんと同じように明るい。

「この蜜柑は、亀次郎と半分こして食べます」

先に亀次郎が上っていった二階に目をやった後、郁太郎はなつめに目を戻した。

「おっ母さんには内緒にしておいてね」

と言って、にこっと笑った郁太郎に、なつめは思わず「郁太郎坊ちゃん」と呼びかけていた。

「私は七つの時、二親を亡くしてるの。だから、郁太郎坊ちゃんの気持ちが少しは分かると思います」

なつめの言葉に、郁太郎は足を止めると、ゆっくり振り返った。その表情は先ほどより沈んでいるようにも見える。

それを目にした時、同じことを打ち明けた時のしのぶの様子がふと思い出された。しのぶも郁太郎も、自分のことはさしおいて、なつめをいたわろうとする優しさを持ち合わせている。

「……なつめお姉さん、かわいそう」

郁太郎は少しうつむきがちになると呟いた。

(郁太郎坊ちゃんだってかわいそうだわ)

そう思いながら、どう言葉を返そうか迷っていると、

「なつめお姉さんには、おいらにとってのおっ母さんみたいな人がいるんですか」

郁太郎の方が先に訊いた。

予想もしていなかった問いかけだったが、了然尼の優しい面差《おもざ》しが目の前に浮かんできた。

「ええ、います。いつもそばにいてくださいます」

まっすぐ向けられたなつめの眼差しに、郁太郎はほっと安心したような表情を浮かべた。

「よかった……」

と、自分のことのように呟いている。

「なら、おいらが大丈夫だっていう気持ちも、なつめお姉さんには分かるでしょ？」

そう言われて、なつめは郁太郎の気持ちに気づき、黙ってうなずいた。

大丈夫だと言い続けているのに、ちっとも安心した顔を見せないなつめに、もう心配しないでと言いたいのだ。

「……分かりました」

息を大きく吐き出すように言って、肩の力を抜いてから、なつめは続けた。

「でも、郁太郎坊ちゃん。ちゃんと覚えていてください。おかみさんもおそばにいてくだ

さるでしょうけれど、私も坊ちゃんのおそばにいますから」

少しでも寂しくなったり、つらくなったりしたら、自分に打ち明けてほしい。なつめの強い気持ちが伝わったのか、郁太郎は「うん」としっかりうなずいた。それから、蜜柑を手に階段を上がっていく。

(郁太郎坊ちゃんが寂しい時には――)

励まし、支えられるようになりたいと、なつめは思った。

菓子作りがしたくて照月堂に来たとはいえ、この店の人々と結ばれた縁はそれだけではない。菓子作りを学ぶ一方で、自分と同じように、親のことで寂しさを抱く郁太郎の力になりたいと思う。

郁太郎の姿が二階の部屋へ入ってゆくまで、なつめは階下に佇み続けていた。

四

それから十日ほどが経った十月の終わり頃、なつめの休暇の日がやって来た。その日は昼過ぎまで店を開けず、売る菓子もたい焼きのみ。

久兵衛はできた暇を使って新しい菓子を考案するそうだが、なつめは休むように言われた。

なつめは少し考えた末、久兵衛とおまさに、

「その日、郁太郎坊ちゃんを大休庵にお連れしてもいいでしょうか」

と、切り出してみた。虚を衝かれた表情を見せる二人に、

「前に、棗《なつめ》の木の歌を手習いで書いてもらった時、本物の木を見たことがないと聞きました。ですから、見せてあげたいと思って」

と、続けて言う。

「もちろん、亀次郎坊ちゃんが一緒でもいいのですが……」

亀次郎が一緒だと、郁太郎は兄として世話を焼くことを、第一に考えてしまいそうだ。たまには、そういう立場を離れて、思い切り好きな振る舞いをさせてあげたいと思う。というようなことをなつめが話すと、久兵衛とおまさは顔を見合わせ、考え込んでしまった。

「しかし、大休庵では了然尼さまがお勤めをしていらっしゃるのだろう。小さな子供などがうろうろしてはご迷惑になるのではないか」

難しそうな顔で言う久兵衛に、なつめは首を横に振った。

「了然尼さまはそういうことを気になさるお人ではありません。仮にそうだとしても、郁太郎坊ちゃんなら、何のご心配もないのでは――」

もうすぐ八つになる郁太郎は、年齢よりもずっと大人びた振る舞いができる。

その言葉には、久兵衛もおまさも異存はなく、最後には郁太郎をその日一日、なつめに任せようということに決まった。

その当日。

なつめはいつもと同じくらいの時刻に、照月堂へ郁太郎を迎えに行った。この日は厨房も店もひっそりと静まり返っており、太助も昼までは休暇ということらしい。

「これは、了然尼さまにお渡しください」

おまさは照月堂の栗羊羹と柿羊羹をひと棹《さお》ずつ、なつめに差し出した。

「ありがとうございます」

なつめはそれを受け取り、郁太郎の手を引いた。

「気を付けて行っておいで」

外まで見送ったのはおまさだけで、亀次郎はいなかった。

「亀次郎には言っちゃだめだって、お父つぁんとおっ母さんが……」

道々、郁太郎は亀次郎が見送りに来なかった事情を告げた。亀次郎には今日のお出かけのことを内緒にし、郁太郎が出かける時も、久兵衛が別のことに気をそらしていたらしい。

「亀次郎坊ちゃんが知れば、ご一緒に来たがるでしょうからねえ」

「うん。でも、なつめお姉さんが暮らしている庵には、とてもご立派な尼さまがいらっしゃるから、亀次郎みたいな小さい子が行って、うるさくしてはご迷惑になるって、お父つぁんたちが言ってました」

その言葉にはあえて逆らわず、

「郁太郎坊ちゃんなら、ちゃんと礼儀正しく振る舞えるだろうって、皆、思ったんですよ」

と、なつめはいたずらっぽく微笑んで告げた。

「うん。おいら、ちゃんと恥ずかしくないようにご挨拶します」

なつめの手を握る郁太郎の手に、力がこもった。なつめはくすくす笑いながら、

「うそうそ」

と、郁太郎とつないだ手を少し大きく振りながら言った。郁太郎は目を丸くして、なつめを見上げている。

「これから行く庵にいらっしゃる尼さまは、気難しい方じゃありませんから、そんなに硬くならないで大丈夫ですよ」

なつめは優しく告げた。

「えっ、じゃあ、お父つぁんとおっ母さんはおいらをだましてたってこと?」

「そうじゃなくって、旦那さんたちはそう思い込んでいらっしゃるだけ。でもね、これからお会いする尼さまは、前に坊ちゃんにお話しした、私のお母さまみたいな人なんです。坊ちゃんにとってのおかみさんみたいな人」

「そうなんですか」

郁太郎の緊張ぎみだった表情がふっと柔らかくなる。

「いつもなつめお姉さんのそばにいてくれるっていう人ですね」

「ええ、そうです」

なつめは大きくうなずいた。

「何だかね。郁太郎坊ちゃんに会ってもらいたいなあって思ったんです。了然尼さまってっしゃるんですけど、了然尼さまも坊ちゃんのこと、絶対に好きになるし、坊ちゃんも了然尼さまのこと、好きになると思うんですよ」

なつめが郁太郎から目をそらし、前方を見つめながら言うと、「うん」という郁太郎の小さな呟きがそれに続いた。

「なつめお姉さんが、おっ母さんのように思う人なら――」

おいら、絶対に好きになると思うよ――と、郁太郎は今度は大きな声で言った。

「それからね。了然尼さまにお会いする前に、郁太郎坊ちゃんに知っておいてもらいたいことがあるの」

なつめはつと足を止めると、往来に人が少ないのを確かめ、端の方へ寄ると、郁太郎の両肩に手を置いてしゃがみこんだ。そうして同じ目の高さになると、

「了然尼さまはね。お顔に火傷《やけど》のお跡が残っていらっしゃるの。たぶん、初めて見た時には驚いてしまうと思うのだけれど……」

と、告げた。

了然尼は郁太郎がどんな反応を見せようと、それで不快になったりはしないだろうが、郁太郎の衝撃が大きくてはかわいそうである。そう思って事前に告げたのだが、

「そのことは、お父つぁんが教えてくれました」

と、郁太郎は驚く様子もなく、落ち着いて答えた。

「驚いたり怖がったりしちゃいけないというわけじゃないけど、心に留めておきなさいって」

「旦那さんのおっしゃる通りです。私も同じように思います」

なつめは大きくうなずき返し、立ち上がった。

「なつめお姉さん、早く連れて行ってよ」

と、郁太郎が弾んだ声で言う。

それからは、郁太郎の足運びがそれまでよりずっと速くなり、二人はやがて大休庵の戸口に着いた。

「これはこれは、いらっしゃいまし」

事前に言っておいたからか、にこにこと笑顔を浮かべたお稲が戸口で出迎えてくれた。

「お世話になります」

郁太郎はしっかりとした口ぶりで挨拶した。

「はい。まずはこちらへどうぞ」

と、お稲は玄関口へ案内した。すでに盥《たらい》に張った水と手拭いが用意されている。それで手を洗い、口をゆすいでから、なつめは郁太郎をまず了然尼の居間へ案内することにした。

「これは、照月堂さんから頂戴した羊羹です」

なつめはお稲にその場で包みを手渡した。

「それでは、さっそく切ってお持ちしましょうか」

と、気を利かせて言うお稲に、

「それは、まだ後でいいです」

と、なつめは告げた。

お稲はうなずいて下がり、なつめと郁太郎は了然尼の居間へと向かう。

「失礼します」

と言って入ると、了然尼は肘掛《ひじか》けを使って寛いだ様子で、二人を待ち受けていた。

「了然尼さま。こちらは照月堂のご主人のご長男、郁太郎坊ちゃんです」

なつめは郁太郎が座るのを待った後、そう紹介した。

「郁太郎といいます。今日はお会いできて光栄です」

そう言えと教えられてきたのか、いつもより大人びた言葉遣いを郁太郎はする。

「こちらこそ。郁太郎はんのことはなつめはんからも聞いてますよって」

了然尼は優しい声で告げた。

郁太郎はそれを受け、下げていた頭を上げた。その時初めて、郁太郎の目に了然尼の姿がはっきりと映ったはずである。

少しこわばった表情ではあるものの、郁太郎の顔にこれといった驚きや脅えは浮かばなかった。ふだんの了然尼は人に会う時、顔の向きなどは自然に任せているのだが、この日は少し体を右向きにして、郁太郎の視界から火傷の跡を少し遠ざけているようであった。

「了然尼さま。坊ちゃんはいずれ菓子職人になりたいそうなんです」

なつめは続けて言った。

「そうどすか。鷹《たか》の子は鷹、ということですやろか」

「ほんとうに――」

了然尼の言葉に、なつめは深くうなずいた。

「まだお小さいから、照月堂の厨房には入れてもらえないんですけど、私、今日は坊ちゃんと一緒にやってみたいことがあるんです」

なつめは了然尼にそう告げた後、目を郁太郎の方に向けた。

「おいらと一緒に……？」

郁太郎はわけが分からないという様子で、首をかしげている。

「うーん、本当は私が一人で作って、坊ちゃんに食べさせてあげられたらいいんですけど、そこまでの腕前じゃないんです。だから、今日は坊ちゃんと一緒に、元気の出るお菓子を作りたいなと思って」

「元気の出るお菓子……？」

と言われても、郁太郎はぴんとこないらしい。

だが、なつめはふふっと笑っただけで、それについてはすぐに明かそうとせず、

「もちろん、坊ちゃんだってまだ厨房入りしていないのだから、うまくいかないかもしれない。けれど、その時は失敗も半分こってことにしましょうね」

と、いたずらっぽい目を向けて尋ねた。郁太郎の生真面目《きまじめ》そうな顔つきは、ますます困

惑ぎみになった。

「それはいいけど、元気の出るお菓子って……?」

「坊ちゃんが私にそう言ってくれたんじゃありませんか。初めてお会いした時、『お姉さん、これ食べて、元気出してね』って」

あれは元気の出るお菓子じゃなかったんですか——と、なつめが言うと、郁太郎の顔にあっという表情が浮かんだ。

初めて会ったのは、照月堂の店の近くだった。郁太郎は市兵衛と亀次郎と散歩に出かけた折で、店で売っている菓子を途中で食べようと持ち出していたのだ。

「最中の月……」

郁太郎の口から、菓子の名が漏れた。

「おやまあ。そないなことがあったんどすか」

了然尼がなつめと郁太郎と交互に見ながら言う。

「はい」

なつめは明るい声で返事をした。

「私、その時、郁太郎坊ちゃんに元気をもらったんです。だから、今日は坊ちゃんと一緒に最中の月を作って、坊ちゃんと一緒に、私も元気になりたいなと思って。いかがですか、郁太郎坊ちゃん」

了然尼に向けてしゃべり出したものの、最後は郁太郎に目を向けて、なつめが言うと、

「いいんですか」

郁太郎が目を丸くして訊《き》き返した。その両目が明るく輝いている。

「二人とも見習い以前ですから、心もとないですけれど」

なつめが笑い返すと、「うん！」と郁太郎は勢いよくうなずいた。

「ほな、万が一にも成功したら、わたくしも味見させていただきまひょか」

了然尼がおかしそうに言う。

「万が一ですって」

なつめは郁太郎の顔をのぞき込みながら、少し大きな声で言った。

「今日は鷹の子がいるんですもの。百に一つ、十に一つくらいは成功するかもしれませんよ」

ねえ――と、郁太郎の目に向かって笑いかける。郁太郎がはにかんだ様子で、かわいらしく目を伏せた。

五

「私、厨房で旦那さんのお仕事を見るまで、餅菓子のお餅がどんな材料を使っているか、よく知らなかったんです」

大休庵の台所に入ってから、なつめは郁太郎に打ち明けた。

ここは、今日一日、お稲が夕餉の仕度を始める時まで、なつめたちが使わせてもらうことになっていた。昼餉用の握り飯はすでに炊き上げ、お稲が別の部屋で作っている最中《さいちゅう》であった。

「最中の月のお餅は、糒《ほしいい》で作っているんじゃありませんか」

郁太郎はすぐにそう言った。

「ええ。そうなんです。郁太郎坊ちゃんは誰かに教えてもらったんですか」

なつめが尋ねると、郁太郎は困ったような表情を浮かべた。

「よく覚えてないけど……」

最中の月は昔からお店で売っていたから、厨房に運び込まれる材料を見ていたら、何となく分かったのだと郁太郎は言った。

何となく――と言っても、菓子作りに使う粉はいくつかの種類があるのだから、郁太郎の年齢でそれを見抜くのは簡単なことではない。厨房へ運び込まれる粉の分量や、その後、店に出される菓子の種類をよく見ていなければ気づけないことだし、郁太郎はそれだけ注意力があるということでもあった。

「糒はもち米から作るんですよね」

なつめが糒を取り出して言うと、郁太郎はうなずいた。

「うん。作り方はおじいちゃんから教えてもらったことがあります」

と断ってから、さらに続けて言う。

「もち米を水洗いしてから水につけて、それを蒸してから乾かした後、細かく砕くんですって。それをしているところは見たことないけれど……」

なつめも見たことはなかった。なつめが今日用意したのは、すでに糒として完成した粉を買ってきたものである。

「最中の月は、お餅を丸めるだけなんだけれど、ほんの少し甘味が加わっているのよね」

「糒を水で柔らかくして、甘みを加えればいいんですよね」

という郁太郎の言葉に、なつめはうなずいた。

「それでは、始めましょう」

なつめが力のこもった声で言い、鍋やら桶《おけ》やらの用意を始めた。井戸水も二人で一緒に汲《く》みに行き、鍋に水と砂糖を入れて溶かし、まずはそれを沸騰させる。

それに、糒を加えてかき混ぜていくのが、餅作りの基本となる部分。やがて、粘りが出てきたら、布巾《ふきん》をかぶせてしばらく寝かせ、冷めるのを待って形を整える。

主な作り方の手順は、久兵衛が望月のうさぎを作る作業を見て、なつめの頭にも入っていた。

複雑な作業は特にないのだが、やはり自分でやってみなければ、最も大切な分量や粘り気の加減などがよく分からない。

なつめは休暇がもらえることが分かってから、糒を買ってきて、この大休庵の台所で数日の間、練習を重ねた。

なつめがそのことを話すと、

「なつめお姉さんはいつも、この台所で菓子作りの練習をしているんですか」

郁太郎が大休庵の台所を見回しながら、尋ねてきた。

「ええ。いつもって言っても、餅菓子の練習を始めたのはほんの数日前なんですよ」

なつめは恥ずかしそうに打ち明けた。

「それまでは、餡作りばかりしていて……」

実はそれもまだまだなのだが、今日は最中の月を作りたかったから何度か練習したのだと、なつめは続けて言った。

「おいらのために……?」

郁太郎が申し訳なさそうな顔色になって問う。

「違います」

なつめはすぐに首を横に振った。

「さっきも言ったじゃありませんか。私は郁太郎坊ちゃんにも元気になってほしいし、私も元気になりたいから、最中の月を作りたいんだって」

今日は一緒にいろいろ試しながら作っていきましょう——と、なつめは楽しそうに言い、郁太郎も目をきらきらさせてうなずいた。

まず、砂糖を溶かした水を沸騰させた後、なつめは火を下ろして適量の糒を加え、ざっくりと混ぜた。それを、二つの小さな鍋に分けると、

「生地を練る作業は一緒にやりましょう」

と言って、なつめは鍋の片方を郁太郎に渡した。

なつめはもう何度か練習しているが、郁太郎は初めてなので、緊張した表情を浮かべている。

「最後の粘りけの具合は、やっぱり手を動かしながら自分で確かめるしかありません」

この時の分量の匙《さじ》加減と粘りけの具合で、お餅がきれいに丸まるかどうかも、食べた時の口当たりも決まるというなつめの言葉に、郁太郎は真剣にうなずいた。

それから、二人は板の間に座り、それぞれの鍋を手にへらで糒を練り始めた。郁太郎は座ったままでは力が出せないと思ったのか、途中で土間に下りると、立った格好で練り出している。

しばらくの間、二人は無言でひたすらへらを動かした。

冬だというのに、火を使ったのと力をこめて作業をしたせいで、うっすらと汗ばんでくる。

なつめはここ数日の練習で、このくらいがちょうどいいだろうと思える粘りけを出すと、郁太郎に声をかけた。

「郁太郎坊ちゃん、ちょっと私の鍋のへらを混ぜてみてください」

郁太郎にその感じを確かめてもらい、同じくらいの粘りけを出すように告げる。

「分かりました」

郁太郎はすぐにそう応じると、再び練る作業に戻った。

なつめは自分の方の鍋に布巾をかけると、郁太郎の手伝いはせず、しばらく待った。

「このくらいでどうですか」

ややあってから、郁太郎がなつめに鍋を差し出して言うのを受け取り、なつめはへらで粘りけを確かめた。

「大丈夫だと思います」

なつめは、郁太郎の鍋にも布巾をかけ、

「冷えるまで待ちましょう」

と言って、土間から一段上がった板敷きに腰を下ろした。郁太郎もその横にちょこんと腰かける。

「あら、坊ちゃん。手が……」

郁太郎の両手は初めての菓子作りでべとべとになっている。しっかりしているようでも、やはり子供なのだ。

「ほんとだ。ちゃんと気をつけていたのに、いつの間に――」

郁太郎はびっくりした様子で、自分の手を見下ろしている。

見れば、額には汗をかいているので、なつめは笑いながら手拭いで、まだ小さな手と額の汗を拭ってやった。

それが終わると、台所から物音がすっかり消え、急にしんと静かになる。

ほっと一息つくと、なつめは静かな声で語り出した。

「この最中の月っていうお菓子の名前、何百年も前に、あるお公家さまが作った歌からつけられたってこと、知っていますか」

なつめの問いかけに、郁太郎は黙って首を横に振った。

「水の面《おも》に照る月なみをかぞふれば　今宵ぞ秋の最中なりける——」

なつめは歌を口ずさみ、最中の月とは中秋の名月を指すこと、月を愛《め》でる宮中の宴に出た真ん丸の餅菓子が満月に見えたことから、この歌が生まれたという故事などを話した。

「すごい。なつめお姉さんは物知りなんですね」

郁太郎は目を輝かせて、なつめを見上げている。

「そういえば、前にお父つぁんから、照月堂っていう名前は『月が照る』っていう意味だって聞いたことがあった」

いつもながら郁太郎の賢さに驚きながら、なつめはゆっくりとうなずき返した。

「郁太郎坊ちゃんのおっしゃる通りです」

「じゃあ、店の名前をつけたおじいちゃんは、今の歌、知ってたのかな」

首をかしげて呟く郁太郎に、

「それはまた今度、大旦那さまにお尋ねしたらよいのではありませんか」

と、なつめは勧めた。郁太郎は「うん」と元気よくうなずいた後、

「なつめお姉さん」

不意に真剣な目つきになってなつめを呼んだ。

「今の歌を後で書いて手本にしてください」

おいら、一生懸命手習いして、この歌を書けるようになります――と、郁太郎はひたむきな口ぶりで告げた。

「分かりました」

郁太郎は手習いを嫌がるような子供ではなかったが、これまではただ素直に従っているという印象であった。だが、今は自ら学ぼうという意志を見せている。郁太郎の手習いの師匠としては胸が熱くなる瞬間だった。

「おや、まあ。休憩どすか」

その時、二人の後ろから柔らかな声がした。

「了然尼さま」

二人は同時に振り返って声を上げた。

「今は、お餅が冷めるのを待っているんです」

と、説明した後、

「最中の月のもとになった歌について話していたところなんです」

と、なつめは了然尼に告げた。

「そうどすか」

了然尼はにこやかに言いながら、なつめたちの後ろの床にそっと座った。それから、

「ほな、わたくしからもお二人に、歌を一首、進ぜまひょか」

と、気軽な調子で言うと、なつめと郁太郎を交互に見ながら、一首の歌を吟じ始めた。


さ夜中に友呼ぶ千鳥物思ふと　侘《わ》びをる時に鳴きつつもとな

「これは、大神女郎《おおみわのいらつめ》というお人が大伴家持公《おおとものやかもち》に贈った歌と言われてますのや」

了然尼がしっとりとした声で説明するのを、郁太郎は真剣な表情で聞き入っていた。

この歌は『万葉集』に採られているもので、作者が大伴家持に寄せた恋の歌と言われることもあるのだが、

「わざわざ友という言葉が使われてますさかい、二人の間にあったのは友情と考えた方がええのやないかと、わたくしは思います」

と、了然尼は言った。

――真夜中に友を呼ぶ千鳥の鳴き声が、つらい物思いをしている私の心に深く沁《し》みました。

というような意味だという。

「こないな時、友のあなたがおそばにいてくれたら――という思いを詠《よ》んではるのやろなあ」

と、了然尼はしみじみした調子で続けた。

それから、ふっと笑みを浮かべると、なつめと郁太郎をじっと見つめながら、

「そこに仲良う座ってはる二人を見ていたら、ふっとこの歌が浮かんだのや」

と、言った。

「誰かにそばにいてほしい時、そうしてくれる人がいる。この歌の作者の願いが、二人の今の姿そのものやと思えたせいかもしれまへんなあ」

「そばに……」

郁太郎は小さな声で呟いた後、ぱっと顔を上げると了然尼をじっと見つめながら言い出した。

「なつめお姉さんはこの前、おいらが寂しかった時、おいらのそばにいると言ってくれました。おいら、その言葉がとっても嬉しかったんです」

「そうどしたか」

一生懸命に言う郁太郎にうなずき返しながら、了然尼は目を細めた。

「郁太郎はんはこの歌の千鳥のように、心の中で友を呼ばはったのやろ。なつめはんはその声をちゃんと聞いて、そばにいてくれはったのやないですやろか」

「なつめお姉さんはおいらの友なんですか」

郁太郎は了然尼からなつめに目を移し、それから再び了然尼に目を戻して訊いた。

なつめはどう答えたものか分からず、すぐに返事ができなかったが、

「その通りどす」

と、先に了然尼が答えてしまった。

「なつめはんは郁太郎はんのお店で働くお人で、郁太郎はんは坊ちゃんですやろ。世間では、そないな二人が友になれるとは思わへんものや。せやけど、そないな立場ちゅうもんは外から見える形に過ぎまへん。大事なのは、その人とその人がどないな心で結ばれているかではないですやろか」

「心で……？」

問いかける郁太郎に、了然尼はゆっくりとうなずいた。

「寂しい時にそばにいてあげたいと思うのは、友を思う心そのものやとわたくしは思いますけどなあ」

郁太郎はしばらく了然尼の言葉を嚙み締めるように沈黙した後、

「分かりました」

と、答えた。目には明るい輝きが浮かんでいる。その目をそのままなつめに向けると、

「なつめお姉さん、ありがとう」

と、郁太郎は力のこもった声で告げた。

「今度、なつめお姉さんが寂しい時、おいらがお姉さんのそばにいます」

と続けて言う郁太郎に、なつめはうなずいた。

「そうね」

傍らに腰かける郁太郎の肩にそっと手をかけながら、

「でも、それだったら――」

と、なつめは続けた。年は違っても、こんなに近くに友がいた。

「郁太郎坊ちゃんはまだ照月堂でお世話になる前、最中の月をくれた時から、私の友でいてくださったんですよ」

なつめの言葉に、郁太郎の顔つきが夜空の満月のように明るくなっていった。

六

餅菓子作りは餅が冷えるのを待ってから、いよいよ丸める作業に入り、完成した。

二人がそれぞれ練った餅はきちんと固まっており、丸める作業をするのに支障はなかった。郁太郎は一つ分の塊を手にのせると、真剣な表情で丸め始めた。

「できた！」

ややあって、郁太郎の口から歓声が上がった。

それから、出来上がった菓子を二人で半分ずつ味見した。食べられないことはないと言って、お互いに笑い合う。

間もなく昼になったので、お稲が作ってくれた昼餉の握り飯を一緒に食べたのだが、その後、

「おいら、もっとお餅を丸める練習がしたいんだけど……」

と、郁太郎は言い出した。

「分かりました。今日は郁太郎坊ちゃんが納得できるまでやりましょう」

なつめは承知し、二人は再び台所へ入った。先ほど作った餅の塊が残っていたから、それを使ってさらに丸める作業に取りかかる。

「真ん丸の形にするのも、けっこう難しくて……」

というのも、ここ数日、餅菓子作りの練習をして、なつめが知ったことである。

何度か練習を重ねてきたとはいえ、今日も真ん丸というわけにはいかなかった。

さらに情けなくなったのは、この時の何度目かの挑戦で、郁太郎が「これならば」と納得したらしい最中の月が、なつめが作ったものより、満月に近い形をしていることであった。この出来栄えには満足したのか、

「これを、了然尼さまにもお見せしたいです！」

と、郁太郎が言うので、なつめの作ったものも合わせて、了然尼のもとへ持ってゆくことになった。

「郁太郎はんのは十六夜《いざよい》で、なつめはんのは立待月《たちまち》といったところですやろか」

それぞれの菓子を見た了然尼は、そう評した。

十五夜の満月から少し欠けた十六夜に比べ、立待月は十七日の月。さらに欠けているということだ。

柔らかな物言いながら、なかなか辛らつな批評に、肩を落とすなつめに、

「まあまあ」

と、正吉とお稲が慰めの言葉をかける。

それから、出来栄えのあまりよくないものも合わせて、昼八つ時（午後二時）には、皆で最中の月、のつもりの餅菓子を食べた。

ほのかな甘さは砂糖でちゃんとつけられているものの、照月堂で売られている望月のうさぎの味わいにはほど遠い。

それでも、菓子を口に運ぶ郁太郎の顔に明るい笑みが刻まれているのを見れば、なつめは自分も元気が湧《わ》いてくるような心地がした。

その後、久兵衛の持たせてくれた羊羹を、了然尼の点《た》てた濃茶と共に味わった。

「やっぱり旦那さんのお作りになった羊羹は格別ですね」

なつめが笑みをこぼして言うと、郁太郎は嬉しそうに「うん」とうなずく。

「でも——」

と、食べ終わった後、郁太郎はなつめに目を向けると、

「なつめお姉さんと一緒に作った最中の月を食べた時の方が、おいらは元気が出ました」

瞬《まばた》きせずに言った。

「……ええ」

ありがとう——という言葉を返すのも、おかしいような気がする。それを言えば、郁太郎は怪訝《けげん》な顔をするだろうが、理由をうまく説明することはできそうにない。だから、こ

こは何も言わないでおく。

久兵衛の羊羹を食べ終わった後、日が暮れる前に——ということで、郁太郎は照月堂へ戻ることになった。

「また、いつでもおいでなさい」

と、了然尼から声をかけられた郁太郎は、嬉しそうに顔を上気させて、「はい！」と返事をした。

「それじゃあ、行きましょう」

なつめは郁太郎を送っていくため、一緒に外へ出た。門をくぐる前に、棗の木が植えられた庭の方へ行く。

「これが棗の木なの」

江戸へ来たばかりの頃、了然尼が植えてくれたこと、初めて実がなった時のことなどを語るなつめの話を、郁太郎は黙って聞き入っていた。

その後、大休庵をめぐる垣根に沿った道を、二人で手をつないで歩いて行くと、正面からこちらへ向かってくる人影に郁太郎が気づいた。

「あっ、おじいちゃん！」

郁太郎が声を上げるのとほぼ同時に、なつめもそれが市兵衛であることを察していた。

「大旦那さん？」

それぞれ歩を進め、向かい合ったところで足を止めると、

「そろそろ帰ってくる頃だと思ってね」

と、市兵衛は郁太郎に目を向けて言った。

「お迎えに来てくださったんですか」

なつめが送り届けることになっていたのだが、

「何だか、二人と一緒に外が歩きたくなってねえ」

と、市兵衛はにこにこしながら言った。

「せっかくここまで来たのだから、了然尼さまにもご挨拶したいが……」

とはいえ、今から押しかけていくのも気が引けるから、今日は遠慮しようと、市兵衛は続けた。それから、なつめに目を向けると、

「郁太郎は私が家まで連れて帰るけれど、なつめさんはどうするかね」

市兵衛からそう問われて、

「よろしければ、私もお店までご一緒させてください」

と、なつめは迷いも見せずに言った。

今日は家へ送り届けるまで、郁太郎のそばにいたいと思う。

「そうか。それはよかった」

市兵衛はどことなくほっとした様子で息を吐く。

「よかったとは――？」

なつめが訝《いぶか》しげな目を向けると、

「いやいや、何でもない」

と、市兵衛は何やら秘密めかした様子で言い、首を横に振る。

「おじいちゃん」

そこへ、郁太郎が話したくてたまらないという様子で、市兵衛に語りかけた。

「今日は、なつめお姉さんと一緒に、最中の月を作ったんだよ」

と言って、郁太郎が元気よく大休庵での出来事を話し始めたので、市兵衛はそれに応じて、「そうかい、そうかい」と相槌《あいづち》を打っている。

取り繕ったものではない本物の明るさを見せる郁太郎の様子を嬉しく思いながら、なつめはすっかり通い慣れた照月堂までの道のりを歩き続けた。

一通りのことを話してしまった郁太郎が、町屋の軒下につながれた犬に気を取られて、二人から離れた隙《すき》に、

「郁太郎のこと、なつめさんは知ってしまったんだろう？」

と、市兵衛が小声で尋ねてきた。だが、なつめが答えるより先に、

「なつめさんが郁太郎を大休庵に――って言ってくれた時から、そうじゃないかなって思ってね。久兵衛もおまさもそう思っているよ」

と、市兵衛は続けた。

「申し訳ありません。旦那さんたちにお話しした上で、大休庵へお連れしようかとも思ったのですが……」

「いやいや、なつめさんからは言いにくいだろう」

と首を横に振った市兵衛は、郁太郎の母親は亡くなったこと、兄弟は腹違いだが亀次郎はそれを知らないことを続けて打ち明けた。

「うちの方から、そっと打ち明けておけばよかったんだけど、何となく言いそびれたままになっちまってね」

こっちこそ水臭かったよ――と、市兵衛は軽く頭を下げた。

「久兵衛とおまさも同じ気持ちだが、子供たちのいるところではなかなか話す機会もないだろうからね」

「私、余計なことをしてしまったんでしょうか」

なつめは郁太郎がまだこちらへ戻りそうにないことを横目で確かめ、申し訳なさそうに尋ねた。

「いいや、とんでもない」

市兵衛は大きく首を横に振る。

「今日のことは、皆、ありがたく思ってるんだ。もちろん、郁太郎があゝして心からの明るさを取り戻したことに感謝しているが、うまくいかなかったとしても、なつめさんの心遣いそのものが嬉しいんだよ」

「そう言っていただけると、ありがたいのですが……」

久兵衛やおまさ、市兵衛が郁太郎の胸の寂しさを何とかしようと思っていたのなら、やはり差し出たことをしてしまったのではないかと、なつめは不安になる。

「子供ってのは、身内で守ってやるもんだけど……」

市兵衛は、犬の頭を撫《な》ぜて笑っている郁太郎に、ちらと目を向けながら続けた。

「子供の方にも、他人さまでなけりゃ分からねえ気持ちとか、他人さまの前でしか打ち明けられねえ気持ちってもんもある。大きくなるにつれて、他人さまに頼らなけりゃならねえことも多くなる。郁太郎はそういう時期に差しかかってるってことじゃないのかね」

もちろん——と、市兵衛は声に力をこめた。

「おまさにしろ、久兵衛や私にしろ、郁太郎のことを見ていないわけじゃない。言わずもがなのことだろうがね」

「はい。おっしゃる通りです」

なつめは顔を上げて、大きくうなずいた。

「おじいちゃん、なつめお姉さん」

犬と戯れていた郁太郎が、犬に手を振ってから、二人のところへ駆け戻ってくる。

「ごめんなさい、待たせちゃって」

郁太郎は屈託のない笑顔を見せて言った。

「いいや、いいんだよ」

市兵衛が優しく言葉を返して、郁太郎の頭に手を置く。

「行きましょう。郁太郎坊ちゃん」

なつめは郁太郎の手を取って言った。

「うん」

と、郁太郎は嬉しそうになつめの手を握り返した。

なつめが照月堂まで一緒に行くと言ったのに対し、市兵衛が「それはよかった」と応じた言葉の意味が分かったのは、到着して仕舞屋の居間へ入った時であった。

この日の商いはすでに終わり、店は閉まっていたのだが、居間には久兵衛とおまさがいて、郁太郎の帰りを待ち受けていた。

「お帰り、郁太郎」

と、笑顔を向けたおまさは、

「お父つぁんがね。新しいお菓子を作ったので、お前に食べてもらおうと待ってたんだよ」

と、明るい声で続けた。

「新しいお菓子を――？」

郁太郎も弾んだ声を上げ、大休庵での出来事を語るのも忘れてしまったようだが、

「はい。これ」

と、皿にのった丸い餅菓子を目にするなり、

「亀次郎は？」

と、部屋を見回しながら尋ねた。

「それがねえ」

おまさが急に困惑した表情になる。

「お前がどこかへ行ったって気づいてからは、すっかり拗《す》ねちゃってねえ。お兄ちゃんのとこに行くってずいぶんごねてたんだけど、この人に叱られたもんで、わあわあ泣き出しちゃって」

おまさが傍らの久兵衛をちらと見ながら、溜息《ためいき》混じりに言った。

「いつまでも同じことばかり言って、ぐずっているからだ。大体、お前が甘やかしてばかりいるから――」

久兵衛が不機嫌そうに言葉を返すと、

「亀次郎もここへ呼ぼうよ」

と、郁太郎が突然言った。

「今はどこにいるの？」

「二階の部屋で寝ちゃってるんだけど……」

と、おまさが言うと、郁太郎はすかさず立ち上がり、

「おいらが起こしてくる」

と言うなり、ぱっと部屋の外へ出て行ってしまった。

「何だ、あいつまで――」

久兵衛があきれたような声で呟いている。

「旦那さんの新しいお菓子をいただくのなら、亀次郎坊ちゃんとご一緒に――って考えておられるのだと思います」

なつめは言葉を添えた。

久兵衛はなつめに目を向けたが、特に何も言うことはなく、その顔に不機嫌そうな色が浮かぶこともない。

本当は今日一日のことを、久兵衛とおまさ夫婦に報告したいが、郁太郎より先にするべきではないと思い、なつめは口を控えていた。久兵衛やおまさが特に尋ねることもなく、皆が無言で待っていると、やがて郁太郎が亀次郎を連れて、二階から下りてきた。

どうやら亀次郎は眠っていたのではなく、ふて腐れて布団に潜り込んでいただけだったらしい。郁太郎にどう慰められたのか、亀次郎は赤くなった目をこすっていたものの、もう片方の手は兄としっかりつないでいる。

「じゃあ、お父つぁん。いただきます」

郁太郎は自分の傍らに亀次郎を座らせると、先ほど差し出された菓子の皿を手に取り、

「半分こしよう」

と、亀次郎に言い出した。

「仲良しの印？」

亀次郎が郁太郎に尋ねている。

「そうだよ」

と、郁太郎は答え、丸い餅菓子——形は真ん丸で最中の月そっくりなのだが、ほのかに橙色に染まった菓子を手に取ると、ぱくっと食いついて半分だけ残し、それを亀次郎に渡した。

「蜜柑のにおいがする」

亀次郎はそう言うと、残り半分の菓子を口に入れた。

「お義父《とう》さんとなつめさんの分はこちら」

気がつくと、おまさが別の皿にのせた同じ菓子を持ってきてくれたところであった。市兵衛がなつめに微笑みかけ、皿の上の餅菓子を手に取る。なつめも皿を受け取ったが、

「真ん丸のお月さま……」

菓子を目にするなり、思わずそう呟いてしまった。

郁太郎は十六夜、自分は立待月しか作れなかったことが、脳裡《のうり》によみがえる。

「何のことだ？」

なつめの第一声を聞き留めた久兵衛が、怪訝そうに尋ねてきた。

「い、いいえ、何でもありません。これ、見た目は望月のうさぎのように真ん丸の餅菓子ですけれど、きれいな色がつけられてますね。それに……」

亀次郎の言う通り、鼻に近付けると、ほのかに蜜柑の香りがする。

「まあ、食ってみろ」

と、久兵衛から言われ、なつめはぱくりと餅菓子にかじりついた。ふわっと甘酸っぱい香りが立つ。そして、嚙み締めれば嚙み締めるほど、あの蜜柑の風味も口の中に広がっていく。

「〈みかん餅〉といったところだな。まあ、蜜柑が容易に手に入るようにならなけりゃ、商いにするのは無理だろうが」

と、久兵衛は言った。

「亀次郎はね。さっき、このお菓子をお兄ちゃんより先に食べると言って、そのことでもお父つぁんに叱られたの。お兄ちゃんが先だって、お父つぁんに怒鳴られて」

おまさがくすくすと笑いながら、郁太郎に打ち明けた。

「おい」

「おっ母さん！」

久兵衛がきまり悪そうに、亀次郎が恥ずかしそうに、おまさに抗議の声を上げる。

「郁太郎坊ちゃん、よかったですね」

なつめはすかさず、郁太郎に声をかけた。

「旦那さんは坊ちゃんに一番に食べてもらいたかったそうですよ」

郁太郎の目が一度なつめの方に向けられ、それから久兵衛の方へと移っていった。

「ありがとう、お父つぁん」

郁太郎の口から、素直で伸びやかな声が漏れる。

「あ、ああ」

いつもは気難しい久兵衛の顔が、少し虚を衝かれたようになったかと思うと、照れくさそうに赤くなった。そのきまり悪さから逃れようとするかのように、久兵衛は立ち上がる。そして、布団から出てきたばかりの亀次郎の頭をくしゃくしゃっと撫でると、

「ちょっと厨房へ戻る」

と、言い置いてから部屋を出て行った。

父の目が兄にばかりいっていることに、何となく拗ね気味だった亀次郎の顔がぱっと明るくなる。それを見ていた郁太郎はその後、父親と同じように、弟の頭を撫でてやるのだった。

第四話　親子たい焼き

一

月が替わって十一月に入ったある日、

「明日はお前にこし餡《あん》作りを手伝わせるから、今日は一部始終をよく見ておけ」

と、久兵衛はなつめに告げた。なつめは一つも漏らすまいと、こし餡作りの作業を観察した。

注意点はその場で頭に刻み込み、後で書き留め、夜は手順を頭の中でくり返す。

そうして、迎えた当日。

小豆《あずき》を煮るところまではこれまで厨房《ちゅうぼう》でも行っているので、特に問題はない。ところが、用意されていたのは、通常のこし餡に使う中納言や少納言ではなく、上質な丹波大納言であった。

なつめは少しひるんだものの、小豆を煮る工程まではいつも通りである。いつもより気を遣ったものの、それが無事に終わったところで、

「豆を潰して皮を取り除くところまでやってみろ」

と、久兵衛が指示をした。

「はい」

なつめはざるにあけた小豆を手でつぶして漉《こ》し出し、皮をきつく絞って取り除いた。それに水を加え、さらに目の細かなざるに注いで、残っていた皮を取り除く。それからしばらく間を置いて、漉した小豆が下に溜《た》まるのを待ち、上水《うわみず》を捨てる作業をくり返した。

水の濁りが少なくなったところで、漉した小豆を晒《さら》し布の袋に入れ、力を加えて水気を取り除き、こし餡の元が完成する。

最後の水気を取る作業は最も力の要《い》る仕事だった。外はもう真冬の寒さだが、なつめの額には大粒の汗が光っている。

なつめが体の重みをかけるようにして、その作業をしていると、

「そこまででいい」

と、久兵衛からの声がかかった。

久兵衛は晒し布の袋ごと受け取り、さらに水気を取り除いた。なつめの力では押し出せなかった小豆色の水がじわりとまな板の上にしみ出してくる。

女は力が足りない、と言われるかもしれないと思ったが、久兵衛は特に何も言わない。

袋から中身を取り出し、その手触りと味を確かめた後で、

「まあ、いいだろう」

と、一言口にしたのみであった。

それから砂糖を加え、火にかけながら煉《ね》り上げる作業は、久兵衛が一人で行った。火は強めで、焦げないように注意しなければならない。水分が抜けたらこし餡の出来上がりである。

なつめはその間、瞬《まばた》きもせず、久兵衛の作業に見入っていた。

久兵衛が鍋を竈《かまど》からおろした時、なつめは思い出したように深呼吸をした。

粗熱《あらねつ》が取れるまで、しばらく作業は中断である。

久兵衛は上がり框《がまち》に腰を下ろし、なつめは使った道具の片付けに取りかかった。ややあってから、

「今日は、大納言でこし餡を作った」

それまで口をつぐんでいた久兵衛が不意に言った。

「はい」

なつめは片付けの手を止め、久兵衛の方を振り返る。

「通常、皮が破れにくい大納言はつぶ餡に使われることが多いが、やはり風味も優れているので、俺はこれぞという菓子ではこし餡にも大納言を使う」

「では、このこし餡はこれぞという菓子に――？」

主菓子《おもがし》の煉り切りだろうかと思いながらなつめが尋ねると、久兵衛はああとうなずいた。

「前に話したが、こし餡でたい焼きを作ってみようと思ってな」

今日は試し作りだと、久兵衛は言った。売り物にするつもりはないらしい。どうやら、試し作りだからこそ、なつめにこし餡の練習をさせたということのようであった。

「たい焼きに大納言のこし餡を使うと、費用がかさむのではありませんか」

たい焼きは餡をいっぱい使う。客も餡がたくさん入っているのが嬉《うれ》しいようだ。だからこそ、あまり高くないのにお腹が膨れる菓子――という評判なのに、値段を上げれば売れ行きに響くかもしれない。とはいえ、値段を据え置けば、儲《もう》けが出なくなるだろう。

「ああ、そこが思案のしどころなんだが……」

考えていることもあってな――と呟《つぶや》いてから、

「ところで」

と、久兵衛は話を変えた。

「辰五郎が店開きしてから、お前はもう店へ行ったか」

「いえ、実はまだなんです」

なつめは残念そうに答えた。

辰五郎の店は先月の末にようやく店開きをした。屋号は「辰巳屋《たつみや》」――辰五郎の父が生前営んでいた蕎麦屋《そばや》の名を受け継いでいる。

その際、辰五郎は自作の菓子を照月堂に届けてきた。饅頭《まんじゅう》や羊羹《ようかん》、鹿《か》の子《こ》など定番の菓子に加え、柿で作った菓子も含まれている。柿羊羹は予想のつくものだったが、ひし形をした煉り切りに氷餅を削った粉末をかけてきらきらさせた〈菱柿《ひしがき》〉という新作菓子があった。

「きれいで、おいしい」

と、これは郁太郎と亀次郎の受けもよい。嚙《か》み締めた途端、柿の風味が広がるおいしさばかりでなく、食べやすい形、美しい見た目など、工夫の凝《こ》らされた菓子であった。

「これは、この季節の呼び物になるんじゃねえかな」

などと久兵衛も顔をほころばせて言い、皆でうなずき合っていたのだが……。

しかし、この日の久兵衛は浮かぬ顔つきをしていた。

「辰巳屋では、辰焼きも売り出したそうなんだが……」

照月堂のたい焼きが評判とはいえ、本郷の方でも広く知れ渡っているというわけではない。つぶ餡を小麦の粉でくるみ、焼き上げた菓子を見るのは初めての人が多かったはずで、すぐに評判になったという。

やはり、辰巳屋の売れ筋になりそうだと、なつめも市兵衛の口を通して聞いていたのだが……。

「そのことで、おかしな評判を立てる連中がいるらしい」

「おかしな評判……？」

久兵衛は難しい表情をしてうなずいた。

「何でも、辰焼きはうちの店のたい焼きの猿真似《さるまね》だとか、触れ回っているそうだ。わざわざ店の近くまで来て大声で言い立てる者もいるとかで、うちのお客の中にも、真似されているのは本当かと番頭さんに尋ねる人がいるらしい」

「どうして、そんなこと……」

「辰五郎の店が繁盛したら困る連中がいるってことだろうな」

と、久兵衛は苦々しげな口ぶりで言う。

「本郷でもともと菓子を扱うお店《たな》でしょうか」

新しく店開きした辰五郎の店が繁盛しているとなれば、それまでの菓子屋連中が気に入らないと思うのは当然だろう。

「それもありそうな話だが、世間には口さがないことを言う奴がいるもんだからな」

口惜しそうに呟いた後、久兵衛は気を取り直した様子で、

「まあ、そういうことがあるからな。ここは、辰五郎の方が元祖なんだってことを、ちゃんとうちの店が言ってやらなけりゃいけないとこだと思ってるんだ」

と、力強い口ぶりで言い添えた。

「でも、あちらが元祖と言うにしても、どんなふうに世間の皆さまに伝えるのですか」

「それについちゃあ、少し工夫が必要なんだろうがな」

とだけ、久兵衛は言った。

その方法についても腹案があるのかもしれないが、この場で口にするつもりはないらしい。

「まあ、この話はいい。早く片付けちまえ」

久兵衛は話を打ち切り、なつめは後片付けの作業に戻った。

その後、大納言のこし餡を使い、久兵衛はたい焼きの試し作りをしていたが、皮の方にも変化をつけるらしく、あれこれと試しているらしい。

だが、それは見せてもらえなかった。

（どんな工夫を考えていらっしゃるのかしら）

などと考えていると、期待に胸がわくわくしてくる。

なつめは後片付けをしながら、今日のこし餡作りの工程をもう一度、頭の中でおさらいした。小豆から水気を抜く作業をするためには、もっと力をつける必要もあるかもしれない。

（いつか、照月堂の餡を任せてもらえるように——）

と、熱い気持ちを抱く一方で、辰五郎の店の商いの方も気にかからないわけではなかった。

（お休みをいただいたら、辰五郎さんのお店にも行きたいのだけれど……）

たい焼きの焼き型を洗いながら、なつめは「辰」の字の焼き印を押した辰焼きをなつかしく思い出していた。

二

それから数日後の十一月半ばのこと。

照月堂に親子連れの客が現れた。

菓子を買いに来たのではなく、薬を売りに来たのだという。

「私は駿河《するが》から参りました薬売りの粂次郎《くめじろう》と申す者です。毎度、戸田露寒軒さまの御用をうかがっておりまして」

照月堂のことは露寒軒を通して聞いてきたのだという。

「何でも、こちらのおかみさんのお体の具合が芳しくないと伺いました。そこで、ぜひ私の薬を試していただければと思いまして」

粂次郎の用向きを店で聞いた太助は、それならば奥へ回って、おまさと直《じか》に話をするのがいいだろうと、外から裏庭の枝折戸《しおりど》へ回る道を教えた。

粂次郎は頭を下げて礼を言い、いったん表通りに面した店を出ると、いつもなつめが出入りしている庭の枝折戸へ回った。

この時、厨房の洗い物を井戸端へ運ぶところだったなつめは、親子連れを見かけ、

「照月堂のお客さまでいらっしゃいますか」

と、声をかけた。

「いえ。戸田さまからのご紹介で、こちらのおかみさんにお薬を見ていただこうと参りました」

見れば、父親の方は薬箱と見えるものを担いでいた。露寒軒の紹介だという話を聞かされ、

「それでは、おかみにお声をかけてまいります」

なつめは洗い物を井戸端に置くと、仕舞屋《しもたや》へ入り、おまさを呼んだ。

「まあ、戸田さまのご紹介なんですか」

おまさはすぐに入ってくれと、粂次郎に告げた。だが、粂次郎はすぐには動こうとせず、

「これは倅《せがれ》で富吉《とみきち》と申しますが、おとなしくしてますんで、一緒に中へ入れていただいてもようございますか」

と、連れてきた子供の背に手をやりながら、遠慮がちに問うた。

「それはもう」

おまさは富吉に笑顔を向けてうなずいた。

「お父つぁんと一緒にあちこち行くんじゃ大変ねえ。富吉ちゃんはいくつなの？」

「五つ」

富吉は片手を開いて、おまさの方に示してみせながら、元気よく答えた。

「あらまあ。それじゃあ、うちの下の子と同じだわ。一緒に遊ばせてあげたいけれど……」

しかし、子供たちがすぐに仲良くなればいいが、そうでなければ、落ち着いて薬の話を聞いていられないかもしれない。やはり、富吉は父親のそばでおとなしく座らせておくのがいい、とおまさは考え直したようであった。

「なつめさん」

続けて、おまさはなつめに声をかけた。

「うちの人に話して、菓子を用意してもらえないかしら。お茶はこっちであたしが用意するから」

「承知しました」

なつめが返事をすると、おまさは粂次郎と富吉を仕舞屋の方へ案内した。

なつめは厨房へ戻り、露寒軒に紹介された薬屋が来たことを久兵衛に伝える。

「戸田さまのご紹介とあれば、俺が会わんわけにもいくまい」

久兵衛はそう言ったものの、今は餡を作っているところなので、後で顔を出すと言った。

お客に出す菓子は何にしようかと持ちかけると、

「子供がいるなら、望月《もちづき》のうさぎがいいだろう」

と、久兵衛はすぐに答えた。

郁太郎たちの分も持っていっていいかと訊《き》くと、かまわないと言うので、なつめは厨房に用意されていた望月のうさぎを人数分皿にのせ、布巾《ふきん》で覆うと仕舞屋へ運んだ。

居間へ近づいて行くと、子供のにぎやかな声が聞こえてくる。どうやら、郁太郎たちが富吉と一緒にいるようだ。

「失礼します」

なつめが声をかけて入って行くと、三人の子供たちが双六《すごろく》を広げてはしゃいでいた。条次郎が子供たちと一緒に双六の図の前に座り、あれこれと説明してやっているらしい。

「なつめちゃんも一緒にやろうよ」

亀次郎が嬉《うれ》しそうに声をかけてきた。

「一緒に遊びたいですけど、厨房に戻らなくちゃいけませんから」

また今度にしましょう――と微笑《ほほえ》みながら返事をすると、亀次郎は「えー」と残念そうな声を上げたものの、すぐに双六の方に目を戻してしまった。

「あれ、条次郎さんが持ってらしたものなの。東海道を描いた双六らしいんだけど、さすがに旅慣れてらっしゃるから、名所のお話なんか聞かせてくれてね。郁太郎も亀次郎も旅なんてしたことないから、めずらしいみたい」

おまさがなつめにそっとささやいた。

「条次郎さんとお話はできそうですか」

子供たちの世話に手がかかりそうなら、少しの間だけでも、子供たちの気をそらすため、この場に残ろうかと思い、なつめは尋ねた。だが、

「大丈夫だと思うわ」

と、おまさは言う。

「粂次郎さんがうまいこと、子供たちに言い含めてくれそうだし……。あの子たちが双六に夢中になっている間に、あたしはこっちで薬の話を聞くから」

というおまさの言葉にうなずき、なつめは双六を囲んでいる四人に、望月のうさぎを運んだ。

「うわあ、かわいい」

と、声を上げたのは、富吉だった。

双六は見慣れているせいか、脇に座っておとなしくしていたようだが、このお菓子はめずらしかったようだ。

富吉が目を輝かせているのを見て、

「お父つぁんが作ってるんだ。望月のうさぎっていうんだよ」

と、亀次郎が得意げな顔つきで教えた。

「名前を付けたのは、このなつめお姉さんなんだ」

と、郁太郎も言い添える。

「へえ。お嬢さんがこのお菓子の名前を、ねえ」

こちらの言葉に反応したのは、粂次郎だった。なつめをじっと見つめながら、

「なつめさま……とおっしゃるのですか」

と、確かめるように問う。

大休庵で正吉たちからそう呼ばれているとはいえ、この照月堂で「さま」付けで呼ばれ

るのはきまり悪い。が、あえてやめてくれと言うのもおかしいので、なつめは「そうです」とうなずいた。

粂次郎はなつめからなおも目をそらさない。少し妙な気がして、どうかしたのかと問い返そうとした時、

「富士のお山はどこ?」

と、亀次郎が尋ねたので、粂次郎の目はなつめから離れていった。

「ああ、富士のお山はね。ここに……」

粂次郎が双六の一点を指し、あれこれと説明を加えている。

郁太郎と亀次郎は熱心に聞いているが、富吉は富士山もめずらしくないのか、望月のうさぎをのせた皿を目の位置まで持っていき、右へ回し、左へ回しながら、にこにこと菓子を眺めていた。

「それじゃ、私はこれで」

なつめはおまさに小声で告げると、静かに居間を出て行った。

なつめが厨房へ戻り、残していた洗い物に取りかかってから、作業の目途《めど》がついた久兵衛は仕舞屋の方へ顔を出しに行った。

「子供たちはえらく仲良くなっていたな」

と、厨房へ戻って来た久兵衛は驚いた様子でなつめに話した。

「そうでしたか。私がお菓子をお持ちした時は、坊ちゃんたちが粂次郎さんになついているようには見えましたが」

子供たちが仲良かったかどうかはよく分からなかった。その後、三人で遊ぶうちに、親しくなったのだろう。

「あの富吉という子は、望月のうさぎがやけに気に入ったみたいでな。俺の顔を見るなり、これを作ったんですか、どうやって作るんですかと、矢継ぎ早に尋ねてきた」

久兵衛は何となく嬉しそうに報告する。

「私がお持ちした時も、かわいいって声を上げてました。すぐに食べようとせず、ずいぶん熱心に眺めていましたけど……」

「ああ。俺が行った時にも、郁太郎と亀次郎はもう食っちまってたが、あの子だけは大事そうに眺めていた。あんまり時が経《た》つと乾いちまうぞと声をかけたら、何だか本当に困ったような顔をするんで気の毒になっちまった」

結局、久兵衛に声をかけられた富吉は「じゃあ、いただきます」と言って、菓子を口に入れたらしい。郁太郎や亀次郎も注目する中、初めて望月のうさぎを食べた富吉は「甘くておいしい」と顔をほころばせて言ったという。

「もったいなさそうに、じっくりゆっくり食べるんだよ」

江戸っ子にああいう子供はいないな——と言って、久兵衛は笑った。

「ずいぶん、お菓子が好きな子みたいですね」

なつめはふふっと笑いを漏らした。

「まあ、めずらしいだけなのかもしれんが、あれじゃあ、まるであっちの子の方が菓子屋の倅みたいだった」

と、久兵衛は苦笑しながら言う。

「あの幼さで父親の行商にくっついて歩くのは大変だろ。帰りに望月のうさぎを少し持たせてやりたい。包んでおいて、帰る時に渡してやってくれ」

久兵衛の言葉に、なつめは弾んだ声で「はい」と答えた。


その後、なかなか双六遊びをやめようとしない三人の子供たちのせいで、粂次郎の帰りはずいぶん遅くなってしまった。

「えらく長居しちまって申し訳ありません」

粂次郎はおまさに頭を下げた。

「いえ、こちらこそ、子供たちがすっかり楽しませてもらっちゃって。それに、試しのお薬もずいぶんいただくことになってしまって」

おまさは恐縮している。

「いや、薬は人によって合う合わないがありますし、何しろ戸田さまのご紹介ですから。次に来た時に、おかみさんに一番合う薬をお選びしましょう」

粂次郎は丁寧な口ぶりで言った。

「富吉ちゃん」

二人の見送りに出たなつめは、富吉の前にしゃがみ込み、望月のうさぎが入った包みを渡した。

「これ、さっきのお菓子よ。旦那さんから富吉ちゃんにって」

「えっ、ほんとう？」

富吉は目を輝かせている。

「それは申し訳ありません。お代をお支払いいたします」

粂次郎は恐縮した様子で、そう申し出たが、

「とんでもない。試しのお薬の代わりと思ってください」

おまさが横から言い添えた。

「富吉ちゃん、また来てちょうだいね。この子たちも待っているから」

おまさが富吉に声をかけ、郁太郎と亀次郎もうなずきながら「また来てね」「一緒に遊ぼう」と声をかけている。

富吉は別れが寂しいのか、ちょっと泣き出しそうな顔をしていたが、

「うん。必ずまた来る」

と、力のこもった声で返事をした。

「それでは、また」

最後に粂次郎が挨拶し、深々と頭を下げる。富吉はきちんと躾《しつ》けられているらしく、父

親に倣《なら》ってしっかりと頭を下げた。

そして、親子は一緒に枝折戸をくぐり、帰って行った。

最後に振り返った富吉の顔は、何とも名残惜しそうであった。

三

「富吉は次、いつ来るの？」

粂次郎と富吉が帰って行ったその日の晩から、亀次郎はそう言い出した。

「明日？　その次の日？」

「そんなにすぐは無理だよ」

と、亀次郎に言い返す郁太郎も、

「月が替わったら、来るんでしょう？」

と、催促するように、おまさに尋ねたという。

その話を後から聞いたなつめは、

「お二人とも、富吉ちゃんとよっぽど仲良くなったんですねえ」

と、呟いた。

年が変われば、寺子屋へ通わせようということになっていたものの、今は二人とも同じ年頃の仲間がいない。そのため、富吉と一緒に遊んだことはとても楽しい思い出として心に刻まれたようであった。

しかし、いったん駿河へ帰った粂次郎が再び江戸へ行商に来るのは、早くても半年は先のことになるだろう。

おまさとそう言い合っていたなつめは、だから、わずか二日後に富吉が照月堂に現れた時にはとても驚いた。

「ちょっと来てちょうだい。お前さんもなつめさんも」

おまさがいつになく動揺した様子で厨房の戸を叩《たた》くので、慌てて庭へ出てみたら、そこにはおまさと郁太郎、亀次郎の兄弟に加え、明らかに泣き疲れた後という顔つきの富吉と、見知らぬ四十路《よそじ》くらいの男が一人いた。

「富吉ちゃん！」

なつめが大きな声を上げると、後から厨房を出てきた久兵衛も、

「何、富吉――？」

と、驚いた声を出した。

「いやあ。江戸に知り合いがいてよかった」

と、ほっと安心した声で言ったのは、見知らぬ男である。

男は本郷の自身番屋に詰めているそうだが、富吉は迷子になって連れて来られたらしい。見つかったのは本郷一丁目だそうで、父親とはぐれたというあたりまで男が連れて行き、ひと通り捜したが会えなかった。

その後、仕方なく番屋へ連れて戻り、くわしい事情を聞いたところ、父親は薬売りの行商人だと分かり、困惑したという。

父親と一緒に得意先を回っていたというので、どこかによく知る家がないかと聞いたところ、

「駒込のお菓子屋さん」

と、富吉が答えたという。

「駒込の菓子屋ったって、一つじゃないからね。ここを見つけるのに苦労したよ」

と、番屋の男は溜息《ためいき》混じりに言った。

さすがに、富吉は照月堂という名前までは言えなかった。ただ、

「おいしいうさぎのお菓子がある」

と、言ったらしい。

「いやさ。おめでたい焼きとでも言ってくれてたら、すぐにここって分かったんだけどね。うさぎだけじゃあさ」

とは言うものの、あちらの菓子屋、こちらの菓子屋と回るうち、「つきを呼ぶうさぎに続けおめでたい焼き」の歌を教えてくれた人がいたらしい。

それなら、照月堂ではないかというので来てみたら、番頭の太助が富吉の顔を覚えていて、すぐに裏口へ回るよう告げたということであった。

おまさは驚き、すぐに厨房に知らせに来たのだが……。

「それじゃあ、この子は預けていきますからね。後は頼みますよ、照月堂さん」

番屋の男はそう言うなり、富吉の肩をおまさの方へ押しやって、帰ろうとした。

「おい、ちょっと待ってくれ」

久兵衛が慌てて男を呼び止めた。

「預けていくって言われても、困る。そりゃあ、この子の父親の顔は知ってるが、その行き先までは知らねえんだ。預けていかれても、父親と会わせてやる算段はつけられねえ」

「そう言われたって、こっちは父親の顔も知らないんだからね。この子の父親がこの店のことを知ってるなら、いつか、足を運ぶでしょ。それまで面倒見てやったって、罰は当たらねえと思うがねえ」

男はそう言葉を返すなり、もはや問答をするつもりはないらしく、さっさと枝折戸をくぐって帰って行ってしまった。

「富吉、また会えたね」

郁太郎と亀次郎は嬉しそうに、左右から富吉を取り囲む。

さすがに、父親と離れ離れになった富吉は、知り合いに会えてほっとしたのか、口もとにかすかな笑みを浮かべた。

「お父ちゃん、ここへ来てくれるかな」

富吉が不安げな表情で小さく呟く。

「大丈夫よ」

おまさが富吉の頭に手を置いて言った。

「ちょっとは待たなきゃいけないかもしれないけど、必ず粂次郎さんは富吉ちゃんを捜しに来てくれるから。それまでは、ここのお家で郁太郎や亀次郎と一緒にいればいいわ。二人とも仲良くできるわね」

「うん」

と、郁太郎と亀次郎は口々に言った。

「お前さんも、いいでしょう?」

おまさが久兵衛に目を向けて問う。

「いいも何も、あの番屋の男が帰っちまったんだから、仕方ねえだろ」

久兵衛は相変わらず不愛想に言ったが、富吉に向ける目は優しいものであった。

「でも、おかみさん。あまりご無理はなさらないでください。私もできる限り、坊ちゃんたちのお世話をいたしますから」

なつめはついおまさの体のことを心配してしまう。

「大丈夫よ。粂次郎さんが置いていってくれた薬も飲んでいるし」

おまさは元気そうな声を出して言うのだが、その時、

「ちゃんと三人で仲良くするよ。だから、おっ母さん。安心して」

と、郁太郎が言った。

「そうだね。郁太郎がそう言ってくれるなら安心だ」

　おまさは温かい声で言い、とりあえず富吉を休ませてやろうということで、三人の子供たちを連れて仕舞屋へ戻って行った。

「後で、望月のうさぎを持っていってやれ」

　厨房へ戻る間際、久兵衛がなつめに言った。

　こうして富吉は照月堂で預かることになったが、その日のうちに、粂次郎が照月堂へ現れることはなかった。

　富吉が泣いたりしてはいないかと、なつめも気にかかったものの、翌日、郁太郎や亀次郎と一緒にいる富吉の様子を見る限り、心配は要《い》らないようである。

　そうはいっても、小さな子供のことであるから、内心ではさぞ心細い思いをしていることだろう。

「粂次郎さんもずいぶん心配されてるんじゃないでしょうか。早く来てくれるといいんですが」

　休憩の時、なつめは呟かずにはいられなかった。

「そうだなあ。粂次郎さんの出入り先で分かるのは、戸田さまくらいだが」

と、久兵衛も途方に暮れた様子で言う。

「といって、戸田さまのところへ連れて行くわけにはいかないしなあ」

　粂次郎もこれまで何度か訪ねたことのある家の方を先に当たるかもしれない。となると、照月堂よりも先に戸田家へ行く公算の方が高いのだが、確かに幼い子供を露寒軒に預かってもらうわけにはいかないだろうと、なつめも思った。

そんな時——。

「なつめさん」

と、厨房の外からおまさの声がした。

それまでは滅多になかったが、ここ数日、おまさから外へ呼ばれることが多い。久兵衛の許しを得て、外へ出てみると、

「お客さんよ」

と、おまさがにこにこ笑いながら告げた。

「しのぶさん！」

おまさの後ろには、薄青の地に雪持ち松と雪持ち笹を描いた振袖《ふりそで》姿のしのぶが立っている。絵柄は地味だが、ところどころに金箔《きんぱく》と銀箔があしらわれて華やかさを添えていた。しのぶははにかむような笑顔を浮かべ、

「お仕事中に申し訳ないと思ったのだけれど、おかみさんが呼んでくださるっておっしゃるので」

と、しのぶは言った。

お茶会に招かれて近くまで来たので、なつめの顔を見たいと思い、照月堂へ立ち寄ったのだという。

「今は休憩中だから、少し出てかまわないぞ」

厨房から久兵衛の声だけが聞こえてきた。

どうやら、こちらの声を聞いて、気を利かせてくれたのだろう。申し訳なさそうな表情を浮かべながらも、しのぶの顔色が不意に明るくなる。

なつめもしのぶと話がしたいと思った。

「それじゃあ、少しだけ失礼します」

なつめは戸口へ駆け戻って久兵衛に断り、厨房の戸を閉めてから、しのぶに向き直った。

「ここで立ち話も何でしょうから、家へお入りください。小さな子供たちがいるけれど、二階へ上げますから」

おまさがしのぶに向かって言う。

「恐れ入ります」

しのぶが丁寧に頭を下げ、皆はそろって仕舞屋へ向かった。

仕舞屋の居間では、三人の子供たちが絵草紙を広げていた。どうやら郁太郎が草紙を読んでいるのを富吉が聞き、亀次郎は別の草紙を広げて、紙に絵を写しているところと見える。

「お前たち。お客さまがいらしたから、二階に行っていらっしゃい」

おまさが子供たちに言うと、郁太郎が「はい」と答えて、すぐに腰を上げた。亀次郎は少しぐずぐずしていたが、郁太郎が片付けを手伝い始めると、渋々ながら絵草紙を閉じ、描き途中の画紙をその上にのせて立ち上がる。

片付けを終えた子供たちが、部屋の外へ出て行こうとしたところで、入れ違いに部屋へ入ってきたなつめたちとすれ違った。

三人とも、客がしのぶのような若い娘であるとは思っていなかったのか、少し驚いた様子でぽかんとしのぶを見つめている。

「こちらは、上野の氷川屋さんという菓子屋のお嬢さんで、私の友でもあるしのぶさん」

なつめはしのぶをそう紹介した。友という言葉に、郁太郎の顔つきが少し変わったが、特に何も言おうとはしない。郁太郎と亀次郎をしのぶに紹介した後、

「こちらの子は富吉ちゃんといって、お父さんは駿河から薬の行商に来られた方なんです」

と、なつめは富吉について告げた。

「あら。駿河からの行商なら、うちにも飾り職人さんが時折、見えるわ」

と、しのぶが思い出したように言う。

「私もそのお話を前に聞いたことをふと思い出したんですけど、しのぶさんのお宅には薬売りの粂次郎さんという方は出入りしていませんか」

もしかしたら——と思って尋ねたのだが、しのぶは薬売りの行商人とは言葉を交わしていないし、その名も聞いたことはないという。富吉にも見覚えはない様子であった。

話が一区切りつくと、おまさは「さあ、行きましょう」と子供たちを急《せ》き立て、自分も

一緒に部屋を出た。

「あまり騒がないようにね」

亀次郎、富吉、郁太郎の順で階段を上っていくのを見届けてから、おまさは台所へと向かった。

階段を上る間、三人は無言であったが、最後尾の郁太郎が階段を上りきったところで、

「きれいなお姉さん……だったねえ」

と、富吉は驚きを隠せないといった様子で呟いた。

なつめのことは見慣れているから、ここではしのぶのことを言っている。

同じことを思っていた亀次郎はつい、その言葉にうなずきかけたのだが、

「なつめお姉さんの方がきれいだよ」

と、不意に郁太郎が言い出した。この言葉に触発された亀次郎は、

「そうだよ。なつめちゃんだって、あのお姉さんみたいにきれいな着物着たら、うんときれいになる！」

と、たちまち意を翻して、兄の援護に回った。が、

「違うよ、亀次郎」

郁太郎は大真面目な顔で首を横に振る。

「きれいな着物なんか着ていなくたって、なつめお姉さんはきれいなんだ」

弟に教え聞かせるような調子で、郁太郎は告げた。

ようやく居間で二人きりになった時、

「今日はなつめさんに会えてよかった」

と、しのぶは明るい笑顔を浮かべた。

「なつめさんは忙しいから、こちらへ伺うのも遠慮していたのだけれど……」

いきなり大休庵へは行きにくいし、昼間はなつめさんもいないだろうし……と、しのぶは続けた。

「ごめんなさい。私もしのぶさんにお会いしたかったのだけれど、お休みの日は限られていて」

でも、今度のお休みの時は知らせるわね——と、なつめは約束した。

「なかなか会えなくても、私、なつめさんが立派な菓子職人になる後押しがしたいわ。お菓子を食べるのだけは好きだから、あちこちのお菓子を食べ歩いて、おいしいものや変わったものをなつめさんにもお知らせするわね」

「それじゃあ、今度のお休みの時には、一緒に菓子屋めぐりをしましょう」

二人は微笑み合いながら約束を交わした。そこへ、

「ちょっといいか」

と、声をかけて入ってきたのは、久兵衛であった。その後から、茶と饅頭を盆にのせたおまさも続く。

久兵衛は中へ入って正座すると、しのぶに向かって頭を下げた。

「ご挨拶が遅れました。氷川屋のお嬢さんには、先だっての競い合いで大変世話になって……」

氷川屋の厨房を借りる時、しのぶがそれとなく照月堂の二人を助けてくれたことの礼である。久兵衛がしのぶと顔を合わせるのは、あの競い合い以来のことであった。

「いえ、私なんて何も——。それより、照月堂さんにはご迷惑をおかけして」

しのぶは恐縮した様子でうつむいている。

「競い合いで負けたのも、氷川屋さんの要求を呑《の》むことになったのも、お嬢さんとは関わりありません。それと、うちの職人と親しくなさっても、うちがとやかく言うことはありませんから」

久兵衛はしのぶにそう告げると、それからなつめの方に目を向け、

「少しゆっくりしてかまわない。ただ、お嬢さんがお帰りになる前に、ちょっと厨房へ知らせてくれ」

とだけ告げた。

用件は分からなかったが、なつめは素直に「はい」と返事をし、久兵衛とおまさは部屋を後にした。

再び部屋の中に、なつめと二人だけになると、

「照月堂の旦那さんは厳しそうですが、思いやりのあるお方ですね」

と、しのぶはしみじみとして口ぶりで言った。

「はい。本当に――」

これまでの久兵衛とのやり取りを思い出しながら、なつめはうなずいた。それから、まずはお饅頭をいただきませんかと、しのぶに勧めた。

「そうですね」

と、しのぶが嬉しそうにうなずき、二人はそろって饅頭を手にした。見た目は白い薄皮のふつうの饅頭という感じなのだが、

「おいしいわ。何といっても、このこし餡が――」

しのぶは一口食べるなり、目を輝かせてすぐにそう言った。

これまでに食べた照月堂の菓子は、望月のうさぎと萩の餅、それにたい焼きのみで、こし餡の菓子を食べたことがなかったのだという。

「小豆の風味が甘味に負けずに残っているわ。これ、とても上質な小豆を使っていらっしゃるのではないかしら」

しのぶの舌はやはり菓子屋の娘というだけあって、敏感である。こんな友を相手に、本当はいろいろな話がしたい。実は丹波大納言を使っているの、と打ち明ければ、しのぶはどんな感想を返すだろうか。

しかし、やはりそれを言うわけにはいかないし、しのぶもあまりのおいしさにはしゃいだものの、小豆の種類をなつめに問うのはいけないことだと、すぐに気づいたらしい。

「ごめんなさい。私ったら、つい余計なことを――」

と言うなり、しのぶはそれからは口を利かずに、残りの饅頭を静かに食べた。最後にお茶を飲み、口の中がすっきりすると、二人は顔を見合わせ、ふふっと笑い合った。

「照月堂さんのお菓子について、あれこれお話をするのは難しいけれど、他の菓子屋さんならいろいろなこと、いっぱいお話しできるわよね」

しのぶが満面の笑顔を見せて言うと、

「はい。私、しのぶさんと早く菓子屋めぐりをしたくてたまらなくなりました」

なつめもさらに顔をほころばせて言った。

その後、どこの菓子屋の評判がどうだというような話をしていたしのぶは、ややあってから、

「なつめさん。実は――」

と、不意に表情を暗くして切り出した。どうやら、照月堂まで来たのも、なつめに伝えたいことがあってのことだったらしい。

「私、どうしても気になっていることがあって」

と前置きした後、しのぶは話し始めた。

しのぶの様子から、なつめにも何となく推測はついたが、やはりしのぶの父氷川屋勘右衛門のことであった。

しのぶによれば、照月堂の様子を探るよう言われた後、父からそのことについて尋ねら

れることがないのだという。

「それは、しのぶさんが乗り気でないからあきらめたということなんじゃありませんか」

なつめが訊《き》き返すと、

「確かに、私から聞き出すことはあきらめたのかもしれませんが」

と、しのぶは浮かぬ顔つきのまま言う。

「照月堂さんをどうにかしようという考えまで捨てるような人ではないんです」

しのぶは自分の父親のことを、そう評した。

これと狙いを定めたら、必ず思い通りに事を運ぶまで、決してあきらめはしないはずだ、と――。

しのぶに照月堂を探れと急かさないのは、自分の方で別の企《たくら》みを進めているからではないかと、しのぶは言う。

「では、氷川屋さんが何を企んでいらっしゃるか、しのぶさんには見当がついているのですか」

しのぶの心配しすぎではないかと思いつつも、決してあきらめないと言われればやはり不安になって、なつめは尋ねた。だが、しのぶは溜息を吐《つ》きつつ、首を横に振った。

「そこまでは、私にも――。でも、父さまのもとへ職人さんらしい人が来て、何度か打ち合わせをしていました。その様子が何か、内密の話でもしているように見えて」

と、しのぶは不安そうな表情で言う。

「職人さんって、菓子職人さんですか」

「それが……」

新しい菓子職人を雇い入れるということであれば、親方の重蔵に引き合わせるのがふつうだろうに、そういうことはなかったらしい。

その後、氷川屋に新しい職人が入ることもなく、その男が現れることもなくなったというが、父がその男に何かよからぬことを頼んだのではないかと、しのぶは告げた。

「照月堂さんに新しい職人が入ることになったとか、職人さんでなくても、誰か新しい人が出入りするようになったとか、そういうことは最近、ありませんでしたか」

その人物が父の回し者だ——というようなしのぶの言いぐさは、さすがに少し考えすぎではないかと、なつめは思った。が、新しく出入りした人物として、思い当たる者がいないわけではない。

（まさか、粂次郎さん——？）

しかし、粂次郎は露寒軒からの紹介なのだし、駿河から来た人物であり、職人ふうでもない。

しのぶに引き合わせてみなければ分からないが、粂次郎は常に富吉を連れ歩かねばならぬ身であるし、しのぶ自身が富吉に見覚えがないと言うのだから、粂次郎を怪しむのはおかしい。なつめは自分の内心だけで、そう気持ちの整理をつけた。

「しのぶさんのおっしゃるような人に、心当たりはありませんが……」

必要以上にしのぶを心配させたくない気持ちもあって、なつめはそう言うに止《とど》めた。

「……そうですか」

それならよいのですけれど……と言いつつも、しのぶの不安そうな様子は消えなかった。

「とにかく、これからも用心だけはしてください。もし何かあれば、いつでもかまいませんから、私に知らせてくださいね」

しのぶはまるで我がことのように熱心な口ぶりで言い、なつめの手を取った。

「ありがとう、しのぶさん」

なつめはしのぶの手をしっかりと握り返して答えた。

四

その後、しのぶが帰ることになった際、なつめは言われた通り、厨房へ知らせに行った。

すると、久兵衛はしのぶを送っていくついでに、使いを頼まれてほしいと言う。

「実は、戸田さまのところへ行ってきてほしいんだ」

久兵衛は露寒軒への手土産である羊羹と饅頭の包みを渡しながら告げた。

「おまさとも話したが、やはりうちで富吉を預かっていることを、戸田さまにはお伝えしておくのが筋だと思うんだ。それに、条次郎さんが富吉を捜し歩く際、うちより先に戸田さまのお宅に伺うだろう」

その際、露寒軒が富吉の行方を知らせてやれば、粂次郎はその足で照月堂へ来ることができる。

「今日は店へは戻らずに、そのまま上がっていい」

と、久兵衛に言われ、なつめは仕度を調《ととの》えると、しのぶと一緒に店を出た。

上野へ帰るしのぶと、本郷へ向かうなつめは方向も違い、長くは連れ立って歩けなかったが、別れ際に、

「次のお休みの日が分かったら知らせます。一緒にお菓子の食べ歩きしましょうね」

と、なつめは告げた。しのぶも笑顔を浮かべ、

「ええ。楽しみにしています」

と、答えたが、やはり照月堂を案じる気持ちはぬぐい切れないようで、

「なつめさん、くれぐれも気を付けてください」

とだけ言い残して、しのぶは客待ちをしている駕籠《かご》の方へ歩いて行った。

しのぶをのせた駕籠が動き出すのを見送ってから、なつめは本郷へ向かって歩き出した。

やがて、閑静な屋敷の立ち並ぶ場所に出る。

露寒軒が今借りている本郷梨の木坂の屋敷は、御家人屋敷が連なる並びにあった。小さな庭ではあるが、端には梨の木が植えられている。

玄関先で使用人の老人に訪問を告げると、露寒軒のいる座敷へ通された。

「ご無沙汰《ぶさた》しております」

なつめは露寒軒に挨拶し、久兵衛がよろしく言っていたと告げ、土産の品を手渡した。

「そなたがここへ参るとはめずらしいな。照月堂で何かあったのか」

露寒軒は文机《ふづくえ》に向かっていた体を、なつめの方に向けて問うた。

「いえ、店がどうこうではないのですが、薬売りの粂次郎さん親子のことでお話が……」

と、なつめは切り出し、事情を説明した。

「何と、あの親子がはぐれてしまったのか」

露寒軒は驚いた表情を浮かべた後、

「なるほど、ようわかった。粂次郎がわしのところへ参ったら、倅は照月堂にいると伝えればよいのじゃな」

と、すぐに応じた。

「はい。よろしくお願いいたします」

なつめは頭を下げた。露寒軒はうむとうなずき、その話が一段落すると、

「ところで、わしの作った歌の効果はいかほどであった」

と、話題を変えた。

そういえば、「おめでたい焼き」の歌を作ってもらった後、太助が露寒軒宅へ礼を言いに行ったと聞いたが、なつめ自身は露寒軒と顔を合わせていない。

「はい。お蔭さまで、戸田のおじさまのお歌が広まり、お客さまは皆、〈たい焼き〉を〈おめでたい焼き〉と呼ぶようになっております。売れ行きも好調で」

迷子になった富吉が「うさぎの菓子を売る菓子屋」というだけの情報で、照月堂へ連れて来られたのも、露寒軒の歌がきっかけだったのだということも、なつめは伝えた。

「そうかそうか。それはよかった」

と、露寒軒は顔をほころばせている。ところが、それからふと思い出した様子で、表情を険しくすると、

「まあ、それはともかく」

と、さらに話題を転じた。

「何やら、照月堂のたい焼きもどきを、この本郷のあたりで売り出したというけしからぬ奴がいるとか、聞いたのだが……」

露寒軒がしかめ面で口にするのは、辰五郎のことであろう。その悪い評判が露寒軒の耳にまで届いているとなると、噂《うわさ》はかなり広まっているということであった。

「実は、おじさま。それはまったくの偽りなんです」

なつめは辰五郎が兼康《かねやす》の近くに店を出したこと、辰五郎は昔、照月堂の職人だったこと、そして、辰焼きを考案し、それを置き土産に照月堂を去ったこと、照月堂は辰焼きの形を変えて、たい焼きを売り出したことなどを、順を追って説明した。

「それで、ようやく辰五郎さんは自分の店を出し、間違いなく自分で考え出した辰焼きを売り出したんですけれど、それが二番煎《せん》じみたいに言われて、お気の毒なんです」

「確かに、それは気の毒な話じゃ」

と、露寒軒は表情から険しさを消してうなずいた。

「して、その二番煎じ云々《うんぬん》は照月堂が言い出したことではないのじゃな」

「まさか。照月堂の旦那さんは、自分たちこそ二番煎じであることを気になさっておいでですのに」

なつめはむきになって言う。

「しかし、一度立った評判というものはなかなか消えぬものじゃ。その辰五郎とやらの店、危ういかもしれぬぞ」

難しい顔つきの露寒軒からそう言われると、なつめも急に不安になった。

「やっとご自分のお店を始めて、いよいよこれからって時なのに、こんなことでつまずかれてしまうのはたまりません」

「ふむ」

なつめの言葉に、重々しくうなずいた露寒軒は、

「では、これから、その店へ行ってみようではないか」

と、急に言い出した。突然のことに、なつめが目を丸くしていると、

「兼康に近いのなら、ここからも遠くはない。風評の件については、当の店を見て、店の主《あるじ》本人から話を聞くのが肝要じゃ」

と言うなり、露寒軒はもう立ち上がっていた。

「参るぞ」

言い置いて、なつめの横をすり抜けるなり、さっさと部屋を出て行ってしまう。

なつめは慌てて立ち上がり、その後を追った。

露寒軒は健脚で歩くのも速い。なつめは時には小走りになって、その後を追わねばならなかった。

露寒軒がさっさっと風を切るような足取りで進んで行ったのは、兼康のある大通りまで。

「これより先は、なつめよ、そなたが案内いたせ」

と、露寒軒はそこで言い出した。

「は、はい」

息を切らせながら返事をし、なつめはそこからは露寒軒の前を歩いて行く。

江戸の外へ向かって進み、最初の通りにぶつかって少し行くと、もう見覚えのある柿の木が見えてきた。

「あの柿の木のあるところです」

なつめは柿の木を指さして言い、辰五郎の店へ進んだ。

藍《あい》色の暖簾《のれん》がかかっており、中央の二枚に「辰」の字と「巳」の字が白く染め抜かれている。

「ごめんください」

と声をかけて、なつめは店の中へ入った。

入った瞬間、客と思われる人影が目に入り、客がいないわけではないようだと、ほっと安心する。正面を向いていた辰五郎と目が合い、辰五郎があっと声を上げて、表情を明るくした。

（菊蔵さん！）

続いて、客の男がなつめの方に顔を向けた。

声に出しこそしなかったが、なつめは思いがけない相手の姿に驚きを隠せなかった。客の男を見て息を呑んだなつめの様子に、相手が知り合いだと露寒軒は察したらしい。

菊蔵をじろりと睨《にら》みつけるなり、

「おぬし、どこぞで見た顔じゃな。この娘といかなる関わりの者か」

露寒軒はまるで詰問するかのような鋭い語気で問う。

「関わりなど、特にはありませんが。顔見知りというだけで」

菊蔵は慌てた様子で言い返したものの、

「あのう。戸田さま……でいらっしゃいますよね。競い合いの時にお世話になった……」

と、恐るおそる露寒軒に問いかけた。

露寒軒はなおも菊蔵の顔に見入っていたが、ふと思い出した様子で、

「おお、そうであった。おぬしは氷川屋の職人であったな。あの時も競い合いの場に顔を見せていたか」

と、言った。

「はい。菊蔵と申します」

菊蔵は丁寧に頭を下げた。

「なるほど。あの折に顔を合わせていたか。して、今日はここへ何をしに参ったのか」

菊蔵に対する露寒軒の詰問口調は変わらない。

「辰五郎さんが本郷で店開きをしたと、本郷方面の御用聞きの小僧さんから聞きましたので、休みの日の今日、寄らせてもらいました。それに……」

と、そこまで言った後、ちらとなつめに目を向けた菊蔵は、再び露寒軒に目を戻すと先を続けた。

「昔、私と一緒に働いてた職人が、一時、辰五郎さんのとこにいたって聞いたもので、そのことも伺いに……」

京へ行ったと聞いた時から、安吉は菊蔵にとって気になる存在となったようであった。

「ちょいと失礼します」

露寒軒と菊蔵の話が一段落したところで、辰五郎が割って入った。その目を露寒軒の方に向け、

「ご挨拶が遅れました。辰巳屋の主人で、辰五郎と申します。戸田さまのことは照月堂のご隠居からもよく聞いておりまして。本郷にお住まいと知り、いずれご挨拶にと思っておりました」

と、丁寧に挨拶する。

「こちらからご挨拶に伺う前に店へ足をお運びくださり、大変恐縮です」

辰五郎が深々と頭を下げると、

「まあ、かまわぬ」

と、露寒軒は重々しく答えた。丁重な物言いをする辰五郎に、よい印象を抱いたようであった。

「あの……辰五郎さん」

なつめはその時初めて、口を開いた。

「戸田のおじさまは辰五郎さんのお店の噂をお耳になさり、とても気にかけてくださっているんです。初めは照月堂との関わりをご存じなくて、その、おじさまも誤解なさっていたのだけれど……」

「その噂ってのは、辰焼きの話だね」

言いにくそうに語るなつめとは違い、辰五郎はさして躊躇《ためら》う様子もなくずばり言った。

「え、ええ」

「辰焼きが照月堂のたい焼きの猿真似だっていう噂のことだろう」

「……はい。あの間違った噂のせいで、辰五郎さんは困っていらっしゃるのでしょう？」

「それは、まあ」

と、辰五郎は初めて渋い口ぶりになると、うなずいた。

「ちょいと悪い評判が広がっちまったんで、辰焼きを売るのは今はよしてるんだ。けちのついた品物はあまり買いたがる人もいないんでね。でも、他の菓子を気に入ってくださったお客さまはいるし、少しずついい評判を重ねていくしかないだろう。何もかもこれからだと思ってるよ」

そう言った時、辰五郎の声から渋い調子は消え失せ《う》、表情もすっきりとしていた。

困難に負けることのない前向きな物言いに、なつめは自分も励まされるような心地がする。

「〈菱柿〉はいい菓子だと思います」

その時、突然、菊蔵が口を開いた。

いい菓子だと自信をもって言う以上、この店先で味見をしたのか、あるいは、辰巳屋のことを知らせたという小僧が買っていったものをすでに食べているのだろう。

「辰五郎さんの味をちゃんと分かるお客は、必ずいると思います」

菊蔵が言うと、露寒軒が「ふうむ」と唸《うな》るような声を上げた。

「辰五郎とやら」

いきなり名を呼ばれて、辰五郎が「はい」と慌てて言葉を返す。

「先ほどの言葉からは、おぬしの心意気がしかと感じ取れた。また、あの照月堂の主の弟子であり、ここにおる氷川屋の職人も認める腕前であれば、おぬしの力量のほども想像はつく」

と、言った後、露寒軒は顎鬚《あごひげ》に手をやりながらおもむろに続けた。

「このわしも本郷に住まいする身。辰巳屋の店の菓子がよいとなれば、わしが常連の客になろうではないか」

露寒軒の宣言に、辰五郎が慌てて頭を下げた。

「もったいないお言葉でございます」

よろしければ――と、辰五郎は頭を下げたまま続けた。

「後ほどお宅へ、当方の菓子をお届けに上がりたく存じますが」

「さようか。では、届けに参るがよい。場所は存じおるか」

「はい。しかと――」

「申しておくが、わしが常連になるのは、この店の味が気に入った時だけじゃ」

「しかと心得ております」

露寒軒の物言いにつられているのか、辰五郎の物言いがいつになく大仰なものとなっている。

（辰五郎さんの作るお味が、戸田のおじさまのお気に召さないはずがないわ）

と、なつめは思う。何といっても、久兵衛の弟子だったのだから。

そして、江戸でも名の知られた露寒軒が常連客となったことが世間に知られれば、辰巳屋の悪い評判も徐々に消えていくかもしれない。

辰五郎のどこまでもまっすぐな心根と、露寒軒の心遣いに、なつめの不安も少し和らいだ。

「辰五郎さん。私にもお菓子をください」

なつめは気を取り直して明るい声を出した。

今日はこのまま帰ることになっているので、大休庵への土産を持ち帰るつもりである。了然尼には辰五郎の力作を味わってほしいから、やはり菱柿と柿羊羹をもらうことにしようと、なつめは決めた。

「菱柿は四つください」

了然尼と自分、それに正吉とお稲の分も加えて注文した。

「じゃあ、今、包むから、少し待っていてくれ」

辰五郎が言い置いて奥へ入って行くと、その間に、なつめは菊蔵に声をかけた。

「柿しぐれですけれど……」

小声で話しかけたなつめに、「……ああ」と菊蔵も小さな声で応じる。

「干し柿の甘味と風味がそのまま生かされていて、とても驚きました。甘味が口の中でとろけていくというか、ほどけていくというか。食べたことのない味わいで、おいしくいただきました」

なつめの言葉に、菊蔵は少し口もとを和らげた。

「ここの菱柿は食べたのか」

「はい」

と答えただけで、なつめは菱柿の感想は口にしなかったが、この時は菊蔵の方がしゃべり出した。

「菱柿はしっかりとした嚙み応《ごた》えのある菓子だ。あのねっとりした甘味は干し柿を使っているはずなのに、食感はまるで違う」

あの弾むような嚙《か》み応えはどうやって出してるんだろう……と、最後は独り言のようになって呟いている。

食べやすい形やきらきらした見た目の美しさという、誰もが目をつけそうなところではなく、嚙み応えや深い味わい、製法の謎について口にするところが、やはり菓子職人なのだなと、なつめは思った。そういう菊蔵の姿を目の当たりにすることができるのも、自分が菓子職人を目指しているからだと思うと嬉しい。

そう思うと、何となく仕合せで、自分のこともいとおしく感じられるような気がした。

やがて、辰五郎が包みを用意して、店の表へ戻ってきた。

「注文の品に、椿餅《つばきもち》も入れておいた。四つあるから、ちょっと重くなっちまったけど」

と、辰五郎は笑顔で言う。なつめが代金を払おうとすると、戸田さまを案内してくれた礼だと小声で言って、辰五郎はきっぱり拒んだ。

「それじゃあ、お言葉に甘えさせてもらいます」

なつめはありがたく受け取ることにした。

「では、店じまいの後、改めてお宅に伺います」

と、辰五郎は露寒軒に向かって頭を下げる。菊蔵はなおも店に残る様子であったので、なつめと露寒軒は二人で辰巳屋を出た。来た道を戻る形で兼康の通りまで出る。

なつめはそこで露寒軒と別れ、駒込へ戻ることにした。

「それでは、粂次郎さんがお宅を訪ねて来られたら、よろしくお願いいたします」

なつめの言葉に、ふむと重々しくうなずいた露寒軒は、

「乗りかかった舟だ。辰巳屋の一件についても何かできることがないか、考えてみよう」

と、最後に告げた。

「ありがとうございます、戸田のおじさま」

梨の木坂へ向けて去って行く露寒軒の後ろ姿に、なつめは頭を下げた。

それから、なつめは大休庵へ向けて静かに歩き出した。

なつめと露寒軒が帰った後の辰巳屋では――。

「どうして、戸田さまの前でおっしゃらなかったんですか」

と、菊蔵が物憂げな声で切り出していた。

「何のことだ」

辰五郎は菊蔵と目を合わせずに、低い声で訊き返す。

「俺がここへ何をしに来たか、ですよ。戸田さまは初め、俺が腹に一物あるんじゃないかって疑っておいででしたし。お話ししちまえば、戸田さまは辰五郎さんの味方になってくださったかもしれないのに」

「別に、お前は戸田さまに嘘《うそ》を吐いたわけじゃないだろ。俺の菓子を食うため、安吉のことを訊くため、お前は今日ここへ来た」

「そのためだけにここへ来たのなら、本当によかったと俺も思います。けど、それは二の次の用事だ。俺がさっき辰五郎さんに話したこと、それを伝えるのが俺の一番の仕事です」

菊蔵は淡々とした調子の声で告げた。辰五郎はそっぽを向いたままだったが、かまわずに菊蔵は続けた。

「さっき途切れちまった話をもう一度、させてもらいます。したくなくても、俺には逆らえない人の言いつけですから」

菊蔵の声に、自嘲《じちょう》するような響きが混じった。それは、意に染まぬことをしなければならぬ己を嗤《わら》っているように聞こえた。だが、

「氷川屋へ来てください、辰五郎さん」

と続けた時、菊蔵の声にはもう、どんな感情もうかがえなかった。

「親方の座でない限り、辰五郎さんの望むままの待遇で迎えると、氷川屋の旦那さんはおっしゃっています。そして、ここからは言いにくい話ですが……」

菊蔵はいったん言葉を閉ざすと、一つ深呼吸してから、ゆっくりと続けた。

「もし受け容《い》れない場合は、どうなっても知らぬ、と――」

「それはどういう意味だ」

辰五郎の眼差《まなざ》しがいつの間にか、菊蔵の顔に鋭く注がれていた。

「そこまでは知りません。俺はただの言伝《ことづ》て役に過ぎませんから」

ご返答は十一月のうちに氷川屋の旦那さんに直に伝えてください――と、菊蔵は辰五郎から目をそらして続けた。

「ご返答がなければ、こちらの申し出を断ったものとお考えになるそうです」

菊蔵はそれだけ言うと、辰五郎に向かって「すみません」と頭を下げ、静かに店を出て行った。

辰五郎はしばらくの間、動くことも忘れたように、その場に立ち尽くしていた。

五

同じ日の夜、照月堂の仕舞屋に当たる二階の一室でのこと。

押し殺すようにしくしくと泣いている声を聞いて、郁太郎は静かに起き上がった。

その部屋では、郁太郎と亀次郎、それに富吉の三人が一緒に寝かされている。寝つく前、傍らに寄り添ってくれていたおまさはもうおらず、行灯《あんどん》の火も消えていた。

右側に寝ている亀次郎からは、規則正しい寝息が聞こえてくる。忍び泣きが聞こえてくるのは、左側に寝ている富吉が頭まですっぽりとかぶった布団の中からであった。

郁太郎は亀次郎を起こさないよう注意しながら、自分の布団を抜け出すと、富吉のかぶった布団の上に、そっと手を置いた。

「富吉、大丈夫かい？」

ささやくような声で、そっと尋ねる。

富吉の泣きじゃくる声はまだ続いていたが、郁太郎が布団の上からさすってやっているうちに、声は静まっていった。

「お兄……ちゃん？」

というくぐもった声が、布団の中から聞こえてくる。迷子になって照月堂へ来た昨日から、富吉は亀次郎と同じように、郁太郎のことをお兄ちゃんと呼ぶようになっていた。

「うん。お父つぁんに会えなくて寂しいんだね」

郁太郎は優しく訊いた。布団がもぞもぞと動いて、富吉の涙に濡《ぬ》れた顔がひょこりと現れる。

「……うん」

富吉は寝間着の袖で顔をこすりながらうなずいた。

「明日にはきっと迎えに来てくれるさ。それがだめなら、その次の日にはきっと。絶対お父つぁんには会えるから」

「うん」

先ほどよりは元気な声が返ってくる。

「それまでは、おいらがいつもそばにいるよ」

郁太郎は富吉の頭に手を置いて言った。

「ほんとう？」

「ほんとうさ。そばにいてあげたいって気持ちは、友を思う気持ちなんだって。だから、富吉はもうおいらの友なんだ」

「お兄ちゃんじゃなくて？」

「お兄ちゃんにもなるよ。お兄ちゃんで、友でもあるんだ」

郁太郎はつい力のこもった声で言ってしまい、亀次郎を起こしてしまったのではないかと後ろを振り返ったが、亀次郎の寝息は続いている。

それから、郁太郎は目を富吉に戻すと、

「さっきのことは、おいらも教えてもらったばかりなんだけど」

と、声を潜めて言った。

「なつめお姉さんから聞いたの？」

「じゃないけど……」

郁太郎は静かに首を横に振ったが、

「なつめお姉さんに似た人が教えてくれたんだよ」

と、とても大切な秘密を打ち明けるかのような口ぶりで告げた。

その翌日、富吉は迷子になって照月堂へやって来てから、二度目の朝を迎えていた。

眠った後は、泣いていたことなど忘れたように、元気を取り戻すことができていたのだが……。

昼が過ぎ、しだいに時が経っていくにつれ、心も沈みがちになっていく。

今日のうちには父が迎えに来てくれる——郁太郎の言葉を信じ、自分にもそう言い聞かせていた気持ちが、どうしてもくじけそうになるのだ。

菓子のことを考えていると、父親を恋しく思う気持ちがまぎれるので、富吉は郁太郎や亀次郎が教えてくれるあれこれの菓子——まだ食べたことのない菓子に思いを馳《は》せながら、早く今日の菓子が来ないかと待ち侘《わ》びていた。

何でも、今日はうさぎではない形の菓子を食べさせてもらえるそうなのだが、昼の八つ半（午後三時）を過ぎても出てこなかった。お腹が空いてくると、余計に悲しくなってくる。

「たい焼きじゃないかなあ」

亀次郎は目を期待に輝かせながら言っている。

「でも、おっ母さんは新しいお菓子だって言ってたよ。さっき、なつめお姉さんがいつもよりたくさんの玉子を厨房に持って行ってた」

と言う郁太郎も、それがどんな菓子なのかまでは知らなかった。

兄弟が語ってくれる菓子の中には、富吉が思い描くことさえできないものもあったのだが、そういうものについては絵の上手な亀次郎が形を描いてくれる。その絵を指さしながら、郁太郎がとてもくわしくお菓子の味や色について語ってくれた。

そうするうち、七つ（午後四時）の鐘が聞こえてきた。

「お菓子、遅いねえ」

亀次郎が待ちくたびれたという様子で呟く。

長く待つ間に、富吉の胸には暗い翳《かげ》が兆《きざ》していた。

父親は今日も迎えに来てくれないのではないか。その不安がどうしても強くなってくる。

七つの鐘が鳴り終わった頃、庭の方が騒がしくなり、その気配が一階の居間にいた三人の耳に伝わってきた。

「お菓子だ！」

と、亀次郎は叫んだが、富吉は胸の中で、

（父ちゃんだ！）

と、思っていた。

だが、口に出しはしなかった。そんな言葉を誰かに聞かれてしまえば、もし父が来てくれたのでなかった時、きっと泣き出してしまうから。

「富吉ちゃん！」

玄関の方から、おまさの大きな声が聞こえてきた。

自分だけが呼ばれたということは――。富吉は弾かれたように立ち上がった。そして、郁太郎と亀次郎より先に、部屋を駆け出して行った。

玄関口へ駆けつけると、懐かしい父の姿が目に飛び込んできた。

「父ちゃん！」

富吉は叫ぶなり、裸足《はだし》のまま玄関先に立つ父に飛びついていった。

「うわあーん」

そばにいると言ってくれた郁太郎の言葉に慰められ、もう泣くまいと決めていたはずなのに、父の姿を目にするなり、そんなことはすっかり頭の中から消し飛んでしまっていた。

「富吉！」

粂次郎はその名を呼びながら、とっさにしゃがみ込むと、飛び込んでくる富吉の小さな体を力強く抱き止めた。

「心配させちまって、父ちゃんが悪かった。ごめんな」

粂次郎の顔は疲れ切っていたが、息子の元気な姿を見てやっと安心したという様子がにじんでいる。

「どれだけ心配したことか。もう父ちゃんからはぐれるんじゃねえぞ」

粂次郎は富吉の頭に手を置いて言った。

「うん。父ちゃん、ごめんね」

富吉は父の体にしがみついたまま答えた。

その後も、なかなか泣きじゃくるのを止められない富吉の頭に手を置いたまま立ち上がると、

「本当に、照月堂さんにはとんだご迷惑をかけちまって」

と、条次郎は恐縮した様子で、傍らのおまさに頭を下げた。

「いいえ、富吉ちゃんは本当にいい子にしてたんですよ。うちは迷惑だなんてこと、まったくなかったんですから」

「それにしてもこいつときたら、たった一回しか伺っていないお宅の名前を言うなんて」

条次郎があきれた様子で呟いている。

「うちの子たちと仲良く遊んでいたから、頭に強く焼き付いていたんでしょう」

と、おまさが微笑みながら言う。

「もう一度行きたいお家の名前を言ったんだ」

富吉が条次郎にすがりついたまま、顔だけを上げて答えた。

「何だって！」

条次郎がさらにあきれた声で言い、おまさが声を上げて笑った。

条次郎は富吉を連れて行ったことがある得意先を順番に巡り歩きながら、必死で捜していたという。

何度か連れて行った家もあり、そちらから優先して訪ね歩いたが見つからなかった。露寒軒の家へも訪ねたところ、富吉は照月堂にいると知り、露寒軒と共に照月堂へやって来たという。

「いずれにしても、昨日、なつめさんに戸田さまのお宅へ知らせに行ってもらっておいてよかったわ」

戸田さまにはご足労をおかけしてしまいましたが……と、おまさは条次郎の背後に立つ露寒軒に目を向けて言った。露寒軒は見事な顎髭をいじりながら、

「まあ、無事に再会でき、よかったではないか」

と、重々しい口ぶりで言った。

「それにしても、ちょうどよかったです。今、主人が新しいお菓子を作っているところで、それがもうすぐ出来上がるところなんですよ。戸田さまもぜひ召し上がっていってくださいませ」

おまさが顔をほころばせて言うと、「お、さようか」と、露寒軒の口もともつられたようにほころんでいった。が、郁太郎と亀次郎がじっと見ていることに気づくと、慌てて厳《いか》めしい表情を取り戻している。

そこへ外の騒ぎが届いたのか、厨房の戸が開いた。中からなつめが姿を見せる。

「条次郎さん、それに、戸田のおじさまも――」

すぐに事情を察したなつめの口から、明るい声が漏れた。

「旦那さん！」

なつめは厨房の奥に顔を向けると、条次郎と露寒軒が来ていることを久兵衛に伝えた。

「なに、そりゃよかった。よし、すぐに用意しろ」

久兵衛の声だけが厨房の中から聞こえてくる。

「はい」

と、答えたなつめは、「皆さん」と外の人々に声をかけた。

「これから、照月堂の新しい菓子を仕舞屋の方へお届けしますから、居間でお待ちになっていてください」

粂次郎さんも戸田のおじさまもご一緒に――と、最後に言い添える。

「やっとぉー？」

亀次郎が期待と不服の混じり合ったような声を出し、おまさが「これ」と亀次郎を小突いた。

「なつめさん、それじゃあ、よろしくお願いします。お茶はあたしが用意しておきますから」

おまさに言われ、なつめはすぐに厨房の奥へと戻っていった。

六

なつめが久兵衛と共に持ってきた皿の上には、小さなたい焼きが一つずつのっている。

「あっ、これがたい焼き？」

富吉の口から明るい声が漏れた。

たい焼きを食べたことはなかったが、亀次郎が絵で見せてくれたし、郁太郎の説明も聞

いていたから、すぐに分かった。しかし、

「えっ、これ、いつものじゃないよ。たい焼きの……子ども？」

と、亀次郎は首をかしげている。

「ふむ。この店のたい焼きの小型版といったところか」

露寒軒がじっと観察した後、呟いた。

形は、皆の見覚えがあるたい焼きだが、大きさが違う。それに、表面の皮の感じも違っていた。

「はい。ただし、生地も中身もこれまでのたい焼きとは違っておりますので、まずはご賞味ください」

久兵衛が露寒軒に向かって言った。

「ふむ」

露寒軒がおもむろにうなずき、小さなたい焼きを手に取った。それが合図でもあったように、皆が菓子に手を伸ばし始める。

「あれ、たい焼きなのにあったかくない」

亀次郎が手にした瞬間、がっかりした様子で言った。郁太郎は首をかしげながら、

「それに、何だか柔らかいよ」

と、不思議そうな表情を浮かべて言う。

一方、富吉は小さなたい焼きを手に取り、しげしげと見つめていたが、

「父ちゃん」

と、ややあってから、傍らに座っている父に目を向けた。

「かわいいお魚さんがじっとこっちを見てるから、何だか食べづらいねえ」

と、のんびりした口ぶりで、富吉は言う。

「ああ、そうだな。前のうさぎさんもかわいかったが、このお魚さんもかわいいな」

粂次郎が笑いながら言うと、「うん」と答えて、富吉は再び手の中の菓子を飽きずに眺め始めた。

話に聞いてはいても、前のたい焼きを知らない富吉には比べようもなく、ただ今見たばかりの菓子をありのままに受け入れている。そんな富吉の反応を前にして、郁太郎と亀次郎は顔を見合わせ、互いに何となくきまり悪そうな表情を浮かべた。

なつめは皆が取り終わった後、最後に菓子を手に取った。

もちろん厨房の中にいたのだから、久兵衛が作っていた菓子のことは知っている。が、初めて小型の焼き型を見た時は驚いた。久兵衛はたい焼きを売り始めた頃から新しい菓子を考え、小さな焼き型の注文もしていたという。

その焼き型で菓子を焼き上げた後、なぜか久兵衛はなつめに味を試させようとはしなかった。

熱いうちに食べさせてもらえるかと思ったが、まあ待てと言われ、そうするうちに時がどんどん経ち、小さなたい焼きは冷えていく。

そのうち、これは冷えてから食べることを前提とした菓子なのだと、なつめにも分かってきた。

もともとのたい焼きはかりっと焼き上げた硬さがあったが、この新しい菓子はふわりとしている。

仕掛けは玉子の白身を泡立てたものを、小麦の粉に混ぜているからで、これは久兵衛の指示により、なつめが今日の午後、懸命に泡立てたものを使っていた。

なつめはいつものように、頭の方からかじりつこうとしたのだが、はっと気づくと、富吉の目が自分の方に注がれている。

その瞬間、先ほどの富吉の言葉が耳によみがえり、たい焼きと目が合ってしまった。

これまでは気にならなかったのに、何だか食べづらい。

「富吉」

その時、粂次郎が息子に声をかけた。

「お魚さんと目が合って食べづらいなら、尻尾からかじればいいんだ」

こういうふうにな——と、粂次郎が尻尾から口に入れるのを見て、富吉は父親の真似をして菓子にかじりついた。

つられたように、郁太郎と亀次郎も同じ食べ方をし始め、なつめも今日は尻尾から食べ始める。

尻尾にもたっぷり餡が入っているのは、元のたい焼きと同じだが、中から出てくるのはつぶ餡ではなく、しっとりとしたこし餡であった。

大納言を使っているので、風味にも甘味にも深みがあり、舌にも優しく感じられる。たい焼きは言ってみれば雑菓子という感じだが、こちらの小さな菓子は正式な茶席はともかく、抹茶と一緒に味わっても合いそうな繊細な味わいを持っていた。

「これは、贅沢《ぜいたく》なお菓子ですなあ」

いい餡を作ってらっしゃる——と、元のたい焼きを知らぬ粂次郎が、感心した様子で声を漏らした。

「ふむ。奥ゆかしい味わいじゃな」

露寒軒はたい焼きよりもこちらが気に入ったらしく、満足そうに述べた。

「おいしい。それに、ちっちゃくてかわいい」

初めは前のたい焼きと比べてばかりいた照月堂の子供たちにも、食べた後は大好評であった。

富吉は郁太郎や亀次郎の二倍くらいの時をかけ、ゆっくりゆっくり食べている。

「うちはこれから、たい焼きはこれだけを売っていこうと思ってな。親父や番頭さんの意見も聞かなきゃいけないが……」

と、久兵衛はおまさに向かって告げた。

「多少売り上げが落ちるかもしれんが、こっちのたい焼きの方が俺の作りたい菓子の道に沿っているからな」

と、誰に言うでもなく、久兵衛は言った。

「これを機に、今までのたい焼きは辰五郎の店で出すことにしてもらおうと思っている」

辰焼きがたい焼きの二番煎じのように思われて、辰五郎の店が危機に陥っているのを救うため――であるのは明らかだった。

辰巳屋でたい焼きを独占して売るようになれば、下手な噂も消えるだろう。

「して、菓銘はどうつける？」

菓子を食べ終え、茶をすすっていた露寒軒が不意に久兵衛に目を向けて尋ねた。

「まだこれからなのですが、〈子たい焼き〉あたりがよいかと――」

「ふむ。よいのではないか」

と、うなずきかけた露寒軒は、ふと思い直した様子で、

「ふむ。とすれば、辰巳屋に渡すたい焼きは、元祖親たい焼きということになるな」

露寒軒の言葉に、久兵衛とおまさが顔を見合わせ、それがいいというようにうなずき合っている。

富吉もその時にはようやく菓子を食べ終わっていた。満ち足りた表情を浮かべた富吉は、

「父ちゃん」

と、いかにも大事なことを思いついたという様子で、父の顔を見上げた。

「何だ」

粂次郎が何事かと訝《いぶか》しげな表情を浮かべ、郁太郎と亀次郎も富吉の口もとに注目してい

る。

「おいら、大きくなったら、菓子を売り歩く人になる」

「何だって」

　粂次郎が驚いた表情を浮かべた。

「薬もいいけど、おいらはお菓子の方がいい」

　父のような行商人を目指すものの、薬ではなく菓子を売りたいという富吉の言葉に、粂次郎は一瞬の驚きから立ち直ると、苦笑を浮かべた。

「富吉、菓子は薬みたいに売り歩くもんじゃないんだ」

「ええっ、そうなの？」

　富吉がびっくりした様子で言った後、ひどく残念そうに肩を落とした。

「お菓子が好きなら、うちの子になればいいよ」

　亀次郎がいいことを思いついたというふうに声を上げた。

「うーん」

　富吉は考え込むような表情を浮かべたが、

「父ちゃんも一緒？」

と、粂次郎を見上げるようにして問う。

「何を言うんだ。父ちゃんは薬を売って歩かなけりゃならない」

「じゃあ、だめだ」

と、富吉は残念そうな表情を浮かべつつも、きっぱりと亀次郎に言った。亀次郎も、

「……そう」

と残念そうな表情になる。

「富吉ちゃんはまたお父さんと一緒にここへ来てくれるわよ。離れていても、もううちの子みたいなもんなんだから」

おまさが子供たちを励ますように言う。

「おっ母さんの言う通りだよ」

と、郁太郎が亀次郎と富吉の手を取って言った。


その後、富吉は粂次郎に連れられ、郁太郎、亀次郎たちと名残りを惜しみながら、照月堂を去って行った。

また三人で一緒に子たい焼きを食べようと、子供たちは固い約束を交わしている。

露寒軒も子たい焼きを食べたことに満足し、その日は帰って行ったのだが……。

その露寒軒からの文《ふみ》が照月堂に届けられたのは、翌日のことである。

(やはり……読めない)

中身を見るなり、なつめは溜息をこぼした。

帰り際、露寒軒が何やら考え込むような表情を見せていたことに、なつめは気づいていたのだが、どうやらあの時から、露寒軒はおめでたい焼きに代わる歌を考案していたのか

もしれない。

照月堂と辰巳屋のため――。

露寒軒の寄せてくれる厚意には、誰もが皆ありがたいの一言に尽きるのだが、その文を読めるのが市兵衛だけというのが難点だった。

生憎《あいにく》、文が届いた時は市兵衛の留守中である。

結局、市兵衛が帰宅するまで誰もそれを解読することができず、皆がひたすらその帰りを待ち焦がれた。

「どれどれ」

早く読んでくれ――と、皆に急かされ、市兵衛が文を開いた。


駒込の照る月天晴《あっぱ》れ子たい焼き　本郷辰巳の親たい焼きに尽くす孝行

市兵衛がゆっくりと読み上げていくのを、なつめは事前におまさが用意してくれた紙に筆で書き記していく。

その後、なつめの書き上げたものを畳の上に広げ、皆で額を寄せ合ってゆっくり眺めた。

「いいですなあ」

歌をじっくりと読み込んだ後、しみじみとした声で太助が言う。

「子たい焼きは親たい焼きに義理を立てる。だから、照月堂では親たい焼きは売らない。

「それは親たい焼きへの孝行というわけですな」

太助の言葉に、その場にいた者は皆大きくうなずいた。

細かいことを言えば、たい焼きを作ったのは照月堂だが、その元になる辰焼きを作ったのは、辰巳屋の辰五郎だ。ならば、あちらが親であり、子は親に義理を立て、孝行を尽くす。

それを「天晴れ」と露寒軒に詠んでもらえれば、照月堂も満足であった。

「実は、あたしは照月堂でもたい焼き――これは親たい焼きの方ですが――を売り続けてもいいんじゃないかと思ってたんですよ。でも――」

と、太助はいったん口を閉ざすと、ひょいと顔を上げ、

「こんなお歌を作っていただいちゃあ、何も言えませんなあ」

と、苦笑いを浮かべた。それから、

「何といっても、旦那さんの子たい焼きの味わいは抜群でしたし」

という久兵衛への敬意のこもった言葉が次に続く。

「それじゃあ、番頭さんも俺の考えを後押ししてくれるんだな」

「最後に決めるのは旦那さんですよ」

と、太助は説き聞かせるような口ぶりで、久兵衛に言った。

「それにしても、この歌、何か不思議じゃありませんか」

と、おまさが不意に言い出した。

「五、七、五、七、七って、七が一つ多いみたいですし」

「そうだなあ」

市兵衛も首をかしげている。

「だが、戸田さまに限って――」

まさか間違いってことはないだろう――と言い切ることもできず、久兵衛が不安そうな顔つきで呟いた。

「大旦那さん」

その時、なつめが声を上げた。

「御文にはまだ続きがあるみたいです。ここ、読んでください」

「どれどれ」

市兵衛も慌てて、再び露寒軒の文に目を戻す。

「これ、仏足石歌《ぶっそくせきか》なり――とあるな」

なるほどとうなずいた後、仏足石歌とは「五、七、五、七、七、七」という形をとるのだと、市兵衛は思い出したふうに続けた。

「それじゃあ、これ、間違いってわけじゃないんですね」

おまさが念を押すように訊いた。

「馬鹿。戸田さまがお間違えになるはずがないだろうが」

と、久兵衛が叱りつけるような口調で言う。

兵衛に向けた。

「あら」

自分だって不安そうな顔をしていたくせに——と言わんばかりの眼差しを、おまさが久兵衛に向けた。

久兵衛は知らぬふりを決め込んでいる。

「それじゃあ、また、このお歌を使って引き札を作らせてもらいましょう」

辰五郎にも話を持ちかけ、両店《りょうだな》で配れるものにしていいかと、太助が提案すると、

「うん。それがいいね」

と、市兵衛がにこにこしながら答えた。

（……天晴れ子たい焼き……親たい焼きに尽くす孝行）

なつめは胸の中で、露寒軒の歌を何度もくり返してみた。

何だか、皆で声をそろえ、拍子をつけて歌い出したくなるような調子の歌だ。そのうち、心が浮き立ってきて、口が自然と動き出しそうになる。

久兵衛の懐の深さ、露寒軒の粋な心の詰まった歌だ。そのことに感じ入り、なつめはひそかに胸を熱くした。

それからひと月以上が経ち、その年の暮れも押し迫ってきた頃。

辰巳屋では辰五郎が元祖である〈親たい焼き〉を、照月堂では〈子たい焼き〉を売り出

し、客たちの評判も悪くはない。露寒軒の仏足石歌を記した引き札の効果もあり、両店ともに、新年は穏やかな気持ちで迎えられそうだと言っていたある日。

「お前さん、なつめさん！」

照月堂の厨房の戸を叩きながら、おまさが声をかけてきた。

「今、氷川屋のお嬢さんがいらっしゃって……」

という声が続く。

なつめは久兵衛の目配せを受け、戸を開けた。

「ああ、なつめさん！」

おまさの後ろに、しのぶが蒼《あお》ざめた顔をして立っている。

「大変なの！」

しのぶはなつめの腕に突然すがりつくなり、叫ぶように言った。

「しのぶさん？」

一体、何が起こったのか。ただ事ではない様子に見える。

しのぶの激しい動揺を前に、なつめの心は大きな不安に駆られていった――。

引用和歌

◆五月待つ花たちばなの香をかげば　昔の人の袖の香ぞする（読人知らず『古今和歌集』）
◆さ夜中に友呼ぶ千鳥物思ふと　侘びをる時に鳴きつつもとな（大神女郎『万葉集』）

参考文献

◆金子倉吉監修　石崎利内著『新和菓子体系』上・下巻（製菓実験社）
◆藪光生著『和菓子噺』（キクロス出版）
◆藪光生著『和菓子』（角川ソフィア文庫）
◆清真知子著『やさしく作れる本格和菓子』（世界文化社）
◆宇佐美桂子・高根幸子著『はじめて作る和菓子のいろは』（世界文化社）
◆『別冊太陽　和菓子歳時記』（平凡社）

編集協力　遊子堂

本書は、ハルキ文庫のために書き下ろされたフィクションです。

時代小説文庫
し 11-7

親子《おやこ》たい焼《や》き 江戸菓子舗《えどかしほ》 照月堂《しょうげつどう》

著者 篠《しの》 綾子《あやこ》

2018年7月18日第一刷発行

発行者 角川春樹

発行所 株式会社 角川春樹事務所
〒102-0074 東京都千代田区九段南2-1-30 イタリア文化会館

電話 03(3263)5247[編集] 03(3263)5881[営業]

印刷・製本 中央精版印刷株式会社

フォーマット・デザイン&シンボルマーク 芦澤泰偉

ISBN978-4-7584-4185-8 C0193

http://www.kadokawaharuki.co.jp/[営業]
fanmail@kadokawaharuki.co.jp[編集] ご意見・ご感想をお寄せください。

時代小説文庫

望月のうさぎ 江戸菓子舗照月堂

篠 綾子

書き下ろし

生まれ育った京を離れ、江戸駒込で尼僧・了然尼と暮らす瀬尾なつめは、菓子に目がない十五歳。七つで両親を火事で亡くし、兄は行方知れずという身の上である。ある日、親がわりの了然尼と食べる菓子を買いに出たなつめは、いつもお参りする神社で好々爺に話しかけられた。この出会いは、なつめがまた食べたいと切に願ってきた家族との想い出の餅菓子へと繋がった。あの味をもう一度！　心揺さぶられたなつめは、自分も菓子を作りたいという夢へと動きはじめる。小さな菓子舗・照月堂が舞台の物語第一巻。

菊のきせ綿 江戸菓子舗照月堂

篠 綾子

書き下ろし

江戸駒込の菓子舗照月堂で女中として働きながら、菓子職人を目指す少女・瀬尾なつめ。自分より後に店に入ったお調子者の安吉が、主・久兵衛のもと職人見習いを始めたことに焦りを感じつつ、菓子への想いは日々深まるばかりだ。そんな折、照月堂に立て続けで珍しい客が現れる。なつめを訪ねてきた江戸市中でも高名な歌人。上野にある大きな菓子店氷川屋の主とその娘。それぞれの客により、店には驚きと難題がもたらされて……。シリーズ第二巻。